양우진

성운을 먹는 자

성운을 먹는 자 25

김재한 퓨전 판타지 소설

초판 1쇄 찍은 날 § 2017년 3월 30일
초판 1쇄 펴낸 날 § 2017년 4월 6일

지은이 § 김재한
펴낸이 § 서경석

편집책임 § 이지연
편집 § 이창진
디자인 § 신현아

펴낸곳 § 도서출판 청어람
등록번호 § 제387-1999-000006호
등록일자 § 1999. 5. 31
어람번호 § 제1-2667호

주소 § 경기도 부천시 부일로 483번길 40 서경B/D 3F (우) 14640
전화 § 032-656-4452 팩스 § 032-656-4453
http://www.chungeoram.com
E-mail § chungeorambook@daum.net

ISBN 979-11-04-91256-6 04810
ISBN 979-11-04-90287-1 (세트)

FUSION FANTASTIC STORY

김재한 퓨전 판타지 소설

성운을 먹는 자

낭인협객

25

목차

제161장 낭인협객

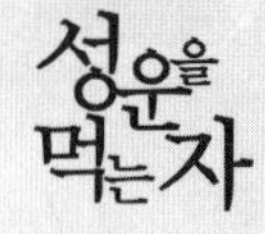

1

하운국 설운성의 호사가들을 즐겁게 하는 이야깃거리가 생겼다.

마인들의 세력 흑림회가 요괴들과 손잡고 설운성의 명문 정파 중 하나인 검하문을 덮쳤다.

이유는 그들이 최근에 우연히 손에 넣은 어떤 보물 때문이라고 했다. 야밤에 급습을 당한 검하문은 하마터면 전멸할 위기에 처했으나 모두가 예상치 못한 인물의 난입으로 상황이 반전되었다.

폭풍권호(暴風拳豪).

지난 수십 년 동안 본명조차 알려지지 않은 채 일존구객의 한자리를 차지하고 있는 신비협객이 그들을 구원했던 것이다.

소문대로 폭풍을 일으키는 절세무공으로 흑림회의 마인들과 요괴들을 척살하고는 보답조차 받지 않고 떠나갔다고 알려졌다.

그리고 다음 날…….

"오랜만이군."

백야문에 들어선 귀혁이 삿갓을 벗으며 중얼거렸다.

그가 신분을 밝히자 백야문도들이 술렁였다. 그와 이자령의 관계는 백야문에서는 유명한 이야기였기 때문이다.

진예도 놀란 표정으로 그를 맞이했다.

"와주셔서 감사합니다."

"백야문주직을 계승한 것을 축하하네. 자네는 분명 훌륭한 문주가 될 수 있을 걸세."

"……."

"약소하지만 선물일세."

귀혁은 선물로 가져온 비약과 약재들을 건넸다.

곧 진예에게 직접 이자령의 묘로 안내받은 그는 향을 올리고는 오랫동안 말없이 그 자리에 서 있었다. 진예가 그 침묵을 함께하기 힘들어질 때쯤 그가 나직하게 입을 열었다.

"문주로서, 무인으로서, 그리고 사부로서… 부끄럽지 않은 마지막이었네, 검후."

그 짧은 말에 얼마나 많은 감정이 담겨 있는지 진예는 알 수 없었다. 아마도 귀혁과 죽은 이자령만이 알 수 있으리라.

귀혁이 조문을 마치고 나오자 한서우가 기다리고 있었다. 귀혁은 그를 보자마자 품에서 책 한 권을 꺼내서 던졌다.

"이건 뭔가?"

"자네가 내 제자에게 부탁한 것."

그동안 강호 곳곳에서 일어난 사건들을 정보로 정리한 책이었다.

"고맙다."

"잘난 예지력으로는 뭔가 알아낸 게 없었나?"

"세상에 드리워진 암운은 걷히지 않았지. 그러나 그 암운 속에서 무슨 일이 일어나는지는 알 수 없다."

"사이비 점쟁이가 할 법한 말이군. 결국 아무것도 모르겠다는 소리 아닌가."

"그 정도는 아니다. 나흘 전에 자훈이 전해온 소식으로는 놈들이 광세천교와 충돌한 것 같다."

"충돌?"

광세천교는 멸망했는데 흑영신교와 충돌하다니 그건 무슨

소리란 말인가?

한서우의 이야기는 이랬다. 흑도 조직 중 하나가 우연히 광세천교의 연구 시설에 대한 단서를 발견하고 추적했는데, 알고 보니 그곳은 흑영신교가 점령하고 있었다는 것이다.

"그 흑도 조직은 흑영신교에게 쫓겨 몰살에 가까운 피해를 입었지만 결국 그 사실을 알리는 데 성공했고, 흑영신교는 오히려 추적을 받아서 큰 피해를 입었다는군. 추적을 피해 도망치던 잔당들은 자혼이 처리했고."

"당신은 그 흑도 조직이 광세천교의 하부 조직이라 생각하는 건가?"

"소식을 듣는 순간 예지가 발동하더군. 그 조직 자체가 광세천교의 하부 조직이었는지, 아니면 영향력 있는 인사 중에 광세천교도가 있었던 것인지… 그런 자세한 것까지는 알 수 없었지만."

"웃기는 이야기군. 광세천교의 잔당들이 자신을 희생해 가면서 흑영신교를 적대한다니……."

광세천교가 멸망했지만 그 잔당이 남아 있는 것은 알 만한 사람은 다들 예상하고 있는 이야기다. 일반인으로 위장한 교도의 수가 한둘이 아닐 텐데 그런 자들이 갑자기 사라져서 사회적 혼란이 일지 않은 것만 봐도 알 수 있다.

한서우가 물었다.

"그쪽은 어떤가?"

"놈들은 이상할 정도로 조용해졌다. 악을 쓰면서 칼을 휘두르던 놈들이 조용하니 더 불길하지."

광세천교 멸망 후, 흑영신교의 활동은 극도로 줄어들었다. 적어도 겉으로 드러나는 움직임은 거의 없어졌을 정도다.

하지만 분명 보이지 않는 곳에서의 활동이 계속되고 있을 것이다. 귀혁도 한서우도 지금 그들이 얌전한 것이 폭풍 직전의 고요임을 알고 있었다.

2

백야문은 설산검후 이자령의 죽음과 빙백검봉 진예가 문주 자리를 이어받았음을 공표했다.

또한 멀리서 온 조문객들에게 이자령이 설산에 봉인되어 있던 신화적인 재난을 막아내기 위해 희생했음을 알렸다. 이 과정에서 선풍권룡 형운과 영화권봉 서하령, 설풍미랑 마곡정 같은 젊은 영웅들과 혼마 한서우, 암야살예 자혼처럼 일존구객 중에서도 회색에 속하는 자들마저 한 손 보탰음이 알려지면서 그들의 명성에 한 장이 더해졌다.

그리고 사람들은 수군거렸다.

'세대교체의 때가 왔다.'

폭성검 백리검운이 죽고 그가 감추어온 추악한 일면이 까발려지고, 풍령국의 난리로 풍마창 호준경이 죽었다.

그리고 환예마존 이현이 광세천교의 멸망에 결정적인 단서를 제공하고 사망했음이 알려지고 나서 얼마 지나지 않아 설산검후 이자령까지 죽은 것이다.

일존구객 중 네 자리가 비었는데 그중 한 자리만이 선풍권룡 형운에 의해 채워졌을 뿐이다.

나머지 세 자리 중 하나는 결국은 유성검룡 천유하의 것이 되리라고 예상되지만 다른 두 자리의 주인이 누가 될지는 알 수 없었다. 그저 많은 후보들이 각 지역에서 임시적으로 그 자리를 채우고 있을 뿐이었다.

하운국에서는 군부의 영웅 만들기 계획에 의해 예령공주가 무서운 기세로 명성을 쌓아나가고 있었다.

위진국과 풍령국 군부도 같은 일을 원했지만 이처럼 강력한 추진력을 보이지 못했다. 둘 다 군부 세력의 핵심을 잃고 분열되었기 때문이다.

위진국에는 위명을 떨치는 이들이 여럿 있기는 했지만 다들 아직까지는 명성이 부족했다. 그중에는 별의 수호자 위진국 본단의 척마대주이며 적룡검주라는 별호로 불리는 아윤도 포함되어 있었다.

그리고 작년부터 사실상 확정된 후보로 떠오르는 인물이

하나 있었다.

만검호(慢劍虎) 봉연후.

광세천교 멸망 이전까지만 해도 그는 무상검존 나윤극의 제자들 중에 가장 평판이 나쁜 인물이었다. 오죽하면 게으른 검호라는 별호가 붙었겠는가. 다만 그가 풍아검 위해극의 사부라는 점 때문에 얕잡아 보이지 않았을 뿐이다.

그러나 광세천교 멸망 후, 그가 윤극성을 나와서 풍령국 전역을 주유하기 시작하면서 그런 평가는 완전히 뒤집어졌다.

그는 늘 가면을 쓰고 다니는 정체불명의 기환술사, 백면술사(白面術士) 해준과 함께 여행하면서 무서운 활약을 펼쳤다.

치안이 불안정한 위령성에서 패악을 부리던 무리들을 연달아 처치했고 그중에는 오랫동안 풍령국 사람들에게 악몽으로 각인되었던 거물들이 있었다.

사겁명(四怯名).

물론 선풍권룡 형운에게 사혈검마와 흑살귀가 죽은 후로는 이겁명(二怯名)이라 부르는 편이 옳았으리라. 하지만 이제는 그나마도 고쳐 부를 일이 없었다.

사겁명의 두 자리를 차지했던 한 마두와 한 마인 술사 조직을 봉연후가 처치했으니까.

이 사건은 그의 명성을 그 전까지 일존구객의 빈자리를 노리던 다른 이들과는 비교할 수 없는 수준으로 키워놓았다. 풍령국에서는 그를 일존구객으로 부르는 것을 당연시하고 있었다.

'게으른 모습 뒤로 칼을 갈고 있었던 것이 분명하다. 그가 강호행을 시작한 것은 무상검존의 후계자로 인정받았기 때문일 것이다.'

호사가들이 그런 추측을 쏟아내었다.

나윤극의 다른 제자들이 윤극성에서 나오는 일이 드문 데 비해 봉연후 혼자 협행으로 명성을 떨치니 그렇게 볼 수밖에 없었다.

그렇게 강호는 역동적으로 움직이며 한 가지 사실을 사람들에게 알려주고 있었다.

'새로운 시대가 오고 있다. 이미 시작되었다.'

혼란 속에서 사람들은 새로운 가능성들이 꿈틀거리는 것을, 빛이 꺼진 자리를 채우려는 듯 새로이 일어나는 빛을 본다.

하지만 높은 곳이 있으면 낮은 곳이 있다.

모든 것이 모든 사람의 눈길을 모을 정도로 크지는 않았다.

중원삼국 전역에 알려진 이름이 있다면 각국에만 알려진 이름도 있었고, 전국적으로 알려진 이름이 있다면 특정 지방에만 알려진 이름도 있게 마련이다.

그리고 비교적 사람들의 관심이 덜한 곳에서 두 젊은 무인의 소문이 퍼져 나가고 있었다.

3

"크크크, 어리석은 놈들. 가진 것 다 내놓으면 딱 세 놈만 살려 보내주마."

상인들을 앞에 두고 받아들이기 힘든 요구를 떠들어대는 것은 인간이 아니었다. 멧돼지의 얼굴에 비대한, 하지만 키가 8척(약 240센티)에 이르는 거구의 요괴가 창을 풍차처럼 돌리면서 그들을 압박하고 있었다.

"으, 으으으으……."

상인들은 겁에 질렸다.

그들의 앞에는 세 명의 무사가 널브러져 있었다. 한 명은 숨이 끊어졌지만 나머지 둘은 아직 숨어 붙어 있는 것을 알 수 있었다.

다섯 명의 상인들이 돈을 합쳐 호위무사로 고용한 그들은 인근에서는 제법 실력이 알려진 낭인들이었다. 이렇게 쉽게 당해 버리다니!

아니, 사실 그들도 받은 돈에 어울리는 무력을 선보이기는 했다. 멧돼지인간에게는 당해내지 못했지만 그를 따르는 산적들 네 명을 베어 넘겼으니까.

하지만 아무리 활약해도 고용주인 상인들을 지키지 못하면 아무런 의미가 없었다.

"다섯을 셀 테니까 그사이에 결정해라. 하나……."

상인들은 안절부절못했다. 멧돼지인간의 말은 다섯 명 중에 두 명은 죽여 버리겠다는 소리였으니까.

다섯 명의 상인들은 가족도 아니고 같은 집단 소속도 아니었다. 그저 혼자서는 먼 길을 가는 게 불안하기에 목적지가 같은 자들끼리 뭉쳤을 뿐이다.

그러니 이런 상황에서는 서로 눈치를 보면서 자기 목숨 건사할 궁리를 하는 것 말고는 할 수 있는 일이 없었다.

셋까지 수를 세던 멧돼지인간이 문득 김샜다는 표정으로 말했다.

"에이, 재미없잖아. 이럴 때는 다른 놈을 확 밀어내면서 자기 목숨 건사하겠다고 발버둥 치는 그런 맛도 있어야지. 패기 없는 놈들일세. 그냥 다 죽어라."

콧김을 뿜어낸 멧돼지인간이 창을 찌르려는 순간이었다.

퍽!

나무들 사이에서 날아든 돌멩이가 그의 어깨를 때렸다.

"응?"

하지만 멧돼지인간은 움찔했을 뿐이다. 그의 비대한 몸은 보통 인간과는 비교도 안 될 정도로 단단해서 돌팔매질 정도로는 상처를 입힐 수 없었다.

투칵!

다음 순간, 마치 얼음 위를 미끄러지는 듯 기이한 움직임으로 거리를 좁힌 남자가 멧돼지인간의 창을 막았다.

"넌 뭐냐?"

멧돼지인간이 으르렁거리며 물었다.

그의 창을 막아낸 것은 길이가 1척 반(약 45센티) 정도 되는 단봉이었다. 나무로 만든 봉의 양쪽 끝단을 금속으로 덮은 그 봉이 멧돼지인간의 창을 쳐서 궤도를 비껴낸 것이다.

그의 앞을 가로막은 것은 거친 인상의 청년이었다. 머리칼을 거칠게 풀어놓은 청년은 늘씬하게 균형 잡힌 6척 장신의 몸을 지니고 있었는데 왼쪽 어깨에는 가죽 보호 장구를 두르고 있었고 양손에는 가죽 위로 금속을 덧대어 만든 권갑을 끼고 있었다. 그리고 왼손에 든 단봉 말고도 오른쪽 허리춤에도 동일한 2척 길이의 단봉을 끼워놓고 있는, 다소 기이해 보이는 무장이었다.

청년이 거친 인상에 걸맞게 낮게 깔리는 목소리로 말했다.

"권우."

"뭐?"

"저승 갈 놈에게 알려줄 것은 이름만으로도 과분하다."

투학!

순간 스스로를 권우라 밝힌 청년이 벼락처럼 달려들면서 단봉으로 멧돼지인간의 팔뚝을 갈겼다.

"컥……!"

그 움직임이 너무 빨라서 멧돼지인간은 미처 반응하지 못하고 얻어맞았다. 그리고 휘청거리는 그를 향해 청년이 공격을 쏟아냈다.

투두두두둥!

어느새 오른손으로도 단봉을 뽑아 들고는 두 개의 단봉으로 멧돼지인간을 난타한다. 멧돼지인간이 정신을 차리고 펄쩍 뛰어 물러났을 때는 이미 팔뚝과 몸통을 일곱 발이나 얻어맞은 후였다.

"이 자식! 어디서 튀어나온 놈인지 모르겠지만 하룻강아지가 범 무서운 줄 모르……."

권우는 그의 말을 들어주지 않았다. 전광석화처럼 투척된 오른쪽 단봉이 멧돼지인간의 몸통을 강타했다.

"끄억!"

호쾌한 타격음이 울리며 멧돼지인간이 피를 토했다. 바위처럼 단단한 몸이거늘 투척된 단봉을 맞는 순간 가슴뼈가 부서지고 내장이 진탕했다.

투두두두두!

그리고 권우는 튕겨 나오는 단봉을 잡아채고는 뛰어들어

서 쌍봉을 난타했다. 마치 축제에서 북을 치듯이 경쾌하게 치고 있어서 한 발 한 발의 위력이 약해 보였지만 절대 그렇지 않았다. 멧돼지인간은 쇠몽둥이로 얻어맞는 것 같은 충격을 느끼며 주저앉았고…….

콰직!

난타할 때와는 달리 황백색의 기운을 머금고 묵직하게 날아든 단봉이 그의 머리통을 부숴 버렸다.

"히이이이익!"

산적들이 기겁했다.

그들의 두목이었던 멧돼지인간은 표국의 무사들도 추풍낙엽처럼 쓰러뜨리던 자였다. 그런데 별로 위력적으로 보이지도 않는 단봉 두 개로 그를 압살해 버리다니!

퍼억!

그리고 그런 그들을 측면에서 급습하는 또 하나의 그림자가 있었다.

그들의 시야 사각을 통해 접근한 또 한 사람이 벼락처럼 뛰어들더니 일장으로 한 명을 쓰러뜨리고…….

"이놈은 또 뭐야!"

곱상한 인상에 마치 겨울옷처럼 두꺼운 상의를 입은 청년이었다. 쌍단봉을 쓰는 청년 권우와 비슷한 권갑을 낀 청년은 한 마디 말도 없이 맨손으로 산적들을 분쇄해 나가기 시작했다.

“고, 고수다!”

“으악!”

뒤에서 덮쳐온 청년 권사에게 당황해서 허우적거리는 동안 권우가 앞에서 덮쳐왔다. 일곱 명이나 되던 산적들은 제대로 저항조차 못 해보고 순식간에 압살당해 버리고 말았다.

산적들을 쓰러뜨린 권우는 권사 청년과 눈짓을 주고받았다. 권사 청년은 쓰러져 있는 낭인들에게 다가가 응급처치를 하기 시작했고 권우는 상인에게 다가가 말했다.

“나는 쌍룡문(雙龍門)의 권우, 이쪽은 내 친우인 초명이라고 하오.”

“쌍비룡(雙飛龍) 권우와 묵권(默拳) 초명!”

상인 중 한 명이 놀랐다.

그 둘은 백운성에서 처음으로 강호행을 시작한 뒤 강주성에서 이름을 떨치기 시작한 젊은 무인들이었다. 어디에도 소속되지 않은 낭인들이었지만 백운성에서 유명한 협객의 죽음과 관련된 사건에 관여했고, 강주성 접경지대에서 악명을 떨치던 현상 수배범들을 잡으면서 그 이름이 널리 알려지고 있었다.

권우가 양손을 모아 포권했다.

“부족한 이름을 알아주시니 영광이오.”

"허어, 부족하다니 무슨 말씀이오? 내 소문을 들었을 때는 몰랐던 두 영웅의 진가를 구명지은으로 알게 될 줄은 몰랐소. 정말 고맙소이다."

상인들은 앞다투어 그들을 칭송하며 감사의 말을 건넸다.

"으윽……."

그때 초명에게 응급처치를 받은 중년의 낭인이 정신을 차렸다. 그는 눈을 뜨자 놀란 눈으로 주변을 둘러보았다.

"어떻게 된 일이오?"

"……."

하지만 응급처치로 그를 살린 초명은 아무 말 없이 가만히 바라보고만 있을 뿐이다. 그가 답답해서 목소리를 높이려는 때였다.

"초명은 말을 못하오."

권우가 끼어들었다. 그러자 초명은 그가 끼어들기를 기다렸다는 듯 고개를 들어서 자신의 목을 보여주었다. 그의 목에는 칼로 깊숙이 베였던 것으로 보이는 흉터가 있었다.

화를 내려던 낭인이 머쓱해했다.

"미안하군. 사정을 모르고 실례를 범했소."

초명은 괜찮다는 듯 고개를 저어 보였다.

곧 그들과 통성명을 하고 난 낭인이 놀랐다.

"당신들이 요즘 명성이 자자한 쌍비룡과 묵권이었군. 이렇게 만나게 되어 영광이오."

두 사람이 강호에서 활동을 시작한 지는 채 두 달도 안 되었다. 그런데도 그동안의 행보가 워낙 강렬해서 낭인들 사이에서 화제가 되고 있었다.

권우가 설명했다.

"우리는 미우성으로 가는 길이었는데 소란이 들리길래 와 봤더니 당신들은 쓰러져 있고 상인분들은 위협을 받고 있는 상황이었소. 그래서……."

자신이 쓰러져 있던 동안의 일을 들은 중년 낭인은 울 것 같은 표정을 지었다. 예상치 못한 횡액으로 오랫동안 동고동락하던 동료를 잃었으니 그럴 만도 했다.

상인들은 본래대로라면 호위로 고용한 낭인들에게 성공보수로 주었어야 할 돈을 권우와 초명에게 건네주며 미우성까지 동행해 줄 것을 부탁했고, 두 사람은 흔쾌히 허락했다.

하지만 상인들도, 낭인들도 전혀 상상하지 못한 사실이 하나 있었다.

권우와 초명이 그들과 이야기하는 와중에도 끊임없이 대화를 나누고 있었다는 것을…….

4

하오는 강주성에서 미우성으로 들어와서 처음으로 들르게 되는 소도시였다. 규모도 제법 컸고 강호인들의 활동도 활발한 편이다.

하오의 성벽 안으로 들어선 권우와 초명은 상인들, 낭인들과 작별을 고했다. 그리고 숙소로 잡은 객잔에 짐을 풀자 권우가 초명을 째려보며 말했다.

"아, 아무리 생각해도 이거 너무 불공평해. 나도 과묵하다는 설정인데 누나가 벙어리라는 설정으로 가버리니까 내가 떠벌떠벌 말을 많이 해야 되잖아요."

"안되는 연기를 하려고 무리하다가 무너지는 것보다는 훨씬 낫다는 것에는 공자님도 동의하셨지요."

말을 못한다던 초명이 여성의 목소리로 대답했다.

권우는 형운, 초명은 가려였다.

형운은 목적 없는 여행을 하면서 별의 수호자에서 만들어준 산운방의 형준이 아닌 다른 위장 신분을 만들어보기로 했다. 지금의 권우와 초명은 여행을 떠나기 전부터 열심히 궁리해서 준비한 결과물이었다.

권우와 초명은 쌍룡문이라는, 암암리에 이어져 내려오던 신비문파의 후예들로 권우는 두 자루의 단봉을 무기로 쓴다는 설정이었다.

이것은 귀혁과 함께 공들여서 만들어낸 형태였다. 다른 무공이라기보다는 형운이 평소 쓰는 것과는 다른 전투 형태라고 할 수 있었다. 내공을 억제하고, 양강지력에 특화된 기공을 운용하고, 독특한 무기를 이용해서 싸우는 것만으로 선풍권룡 형운과는 전혀 연관점을 찾을 수 없는 무인이 될 수 있었던 것이다. 형운은 감각적으로 자신을 변화무쌍하게 바꾸는 재주가 없었기에 전투 형태를 바꾸는 것이 굉장히 효과적으로 작용했다.

초명 역시 쌍룡회의 무공을 전수받은 권우의 친우로, 어렸을 적에 목에 큰 상처를 입어 말을 못하게 된 권법의 고수라는 설정이었다.

가려는 형운과 달리 워낙 재주가 좋아서 얼마든지 전혀 다른 무공을 구사할 수 있었지만 그래도 말을 안 해도 된다는 점과, 굳이 연기하려고 할 필요도 없이 맨손 격투술과 양강지력을 쓰는 것만으로도 전혀 다른 인물처럼 보일 수 있다는 점에 매력을 느끼고 이 설정을 채택했다.

가려가 피로한 기색으로 말했다.

"매번 은신 충동을 참는 것도 곤욕입니다. 아까도 그 낭인이 빤히 보는데 바로 숨어버리고 싶은 걸 참느라 어찌나 고생했는지……."

"은신이 충동적으로 된다는 게 말이 안 되는 거라고요."

"이제 사람들 시선 좀 덜 받고 살고 싶습니다. 몇 번 일도 크게 벌였으니 당분간은 유람이나 하면서 다녀도 되지 않습니까? 굳이 큰일을 찾아가시다니……."

가려가 고개를 절레절레 저었다.

여행을 시작할 때만 하더라도 권우와 초명은 명성을 추구하는 인물이 아닐 예정이었다. 형운이 새로운 위장 신분을 만들어낸 것은 어디까지나 별의 수호자도 모르는 새로운 신분을 만들어내어 홀가분한 여행을 위해서였으니까.

그런데 그런 의도는 여행을 시작하고 채 사흘도 못 가서 와장창 박살 났다.

길 가다 만난 산적들을 격파하고, 그 본거지까지 급습해서 싹 쓸어버린 다음 잡혀서 노예로 부려지고 있던 사람들을 구출하는 것을 시작으로…….

관병들의 부탁으로 현상 수배범을 찾아 격파하고, 그 과정에서 흑도 무리들과도 충돌하고…….

그런 일이 계속되다 보니 아직 두 달도 안 되었는데 낭인계의 떠오르는 신성이 되고 말았다.

형운이 어색하게 웃었다.

"하하하. 설마 이렇게 될 줄 몰랐죠. 제 팔자가 생각했던 것보다 사나운가 봐요."

"이제 와서 그런 말씀을 하시는 겁니까? 지금까지의 삶을 좀 돌아보시는 게 어떻습니까?"

가려가 그를 째려보자 형운이 헛기침을 하며 화제를 돌렸다.

"만날 누군가 수집해 주는 양질의 정보를 받아서 움직였는데 그게 안 되다 보니 한 치 앞을 예측할 수가 없네요, 진짜."

물론 형운도 별의 수호자의 조직망을 이용하지 않고 움직여 본 경험들이 있긴 하다.

하지만 이 정도로 본격적으로 아무 생각 없이, 아무런 지원 없이 다녀본 적은 또 처음이라 여러모로 신선한 기분이 들었다. 다 안다고 생각했던 세상의 새로운 일면을 보는 기분이 들어서 난처한 동시에 재미있기도 하다.

가려가 한숨을 푹 쉬었다.

"공자님이 즐거우시다면 어쩔 수 없지요. 공자님 사정에 휘말려서 고생하는 게 하루 이틀도 아니고."

"늘 고마워요."

"……."

활짝 웃는 형운의 감사에 가려는 슬쩍 시선을 피했다. 인피면구 안쪽의 진짜 얼굴이 살짝 뜨거워진 기분이 들었다.

"그, 그럴 때는 미안하다고 하셔야 하는 게 맞는 것 같습니다만."

"미안하다는 말을 듣고 싶어요?"

"……."

"그럴 거였으면 누나를 떼어놓고 왔을걸요. 하지만 제가 그러려고 했으면 누나는 화냈을 거잖아요."

"…그랬겠지요."

악동처럼 웃는 형운에게 가려는 새침하게 대꾸했다.

"어쨌든 진모에 갈 때까지는 위험한 일에 고개 들이밀지 말고 얌전하게 지내지요. 슬슬 우리 이름값도 잘 먹힐 것 같으니 상단 호위 일이라도 구해볼까요?"

"그러지요."

두 사람은 적절한 일거리를 찾아보기 위해 숙소를 나서서 인근 객잔들을 돌아다니기 시작했다.

5

―이상하군요.

가려의 퉁명스러운 전음에 형운이 물었다.

―뭐가요?

―아직 제 귓가에 '진모에 갈 때까지는 얌전하게 지낸다'는 공자님의 말이 남아 있는 것 같은데 지금 이 상황은 대체 어떻게 된 걸까요?

―불가항력이지요, 불가항력.

형운이 뻔뻔하게 대답하면서 주변을 둘러보았다.

인상이 험상궂은 놈들이 두 사람을 포위하고 있었다. 그리고 형운의 뒤쪽에는 부상을 입은 청년과 그에게 달라붙어 달달 떨고 있는 객잔의 여급(女給)이 있었다.

아주 뻔한 이야기였다.

이 부근에서 잘나가는 흑도의 무리가 여급을 희롱하며 패악질을 부렸고, 그 꼴을 본 순진한 청년 무인이 정의감을 불태우며 그들을 막아섰다. 청년 무인은 실력도 제법 뛰어났지만 문제는 그들이 온갖 지저분한 술수를 써대는 데다가 머릿수도 열 명이 넘었다는 점이다.

형운과 가려는 멀찌감치 떨어진 골목을 지나던 길이었는데, 형운이 이 소란에 귀를 쫑긋 세우더니 날듯이 달려와서 끼어들었다. 그리고 흑도인들이 막 제압한 청년의 손목을 분지르려는 것을 막은 것이다.

권우의 얼굴을 한 형운이 위협적인 목소리로 말했다.

"나는 쌍비룡 권우라 한다. 어느 조직 소속인지는 모르겠지만 이쯤에서 물러난다면 더 험하게 손을 쓰지는 않겠다."

"이 자식! 느닷없이 뒤통수를 쳐놓고 무슨 개소리를 지껄이는 거냐!"

"형님! 뜨거운 맛을 보여줍시다!"

그들이 분기탱천한 것을 보며 형운이 싸늘하게 중얼거렸다.

"하여튼 잡배들은 왜 이렇게 말로 하면 알아듣는 놈 찾기가 어려운지 모르겠군."

곧바로 난투극이 벌어졌다.

하지만 구경꾼들이 예상한 것과는 달리 싸움이 너무나 빠르게 끝났다. 형운과 가려는 마치 어른이 어린애 팔을 비틀듯 흑도인들을 무릎 꿇린 것이다.

그냥 쓰러뜨린 것도 아니고 말 그대로 무릎 꿇렸다. 불과 반각(약 7~8분) 전까지만 해도 기세등등했던 흑도인들은 얼굴이 퉁퉁 붓고 어디 한 군데씩 부러진 채로 얌전하게 무릎 꿇고 있었다.

형운이 단봉으로 그들의 머리를 툭툭 치며 말했다.

"사람이 좋게 말하면 좀 알아들을 줄 알아야 하지 않겠냐? 응?"

"죄, 죄송합니다!"

"죄송하면 다야? 이거 어쩔 거야? 네놈들 때문에 객잔 기물을 이만큼이나 파손해 버렸잖아? 그냥 콱!"

형운이 단봉을 들어서 때리는 시늉을 하자 흑도인들이 움찔했다.

그들은 형운과 가려가 마음만 먹으면 자기들을 벌레 짓밟듯이 죽여 버릴 수 있는 고수임을 알았다.

아무리 바보라도 열 명이 우르르 달려드는데 그 사이를 산

책하듯이 누비는 움직임은 보이지도 않고 손가락 한번 튕기니까 칼이고 몽둥이고 뚝뚝 분질러져 나가면 천지가 뒤집혀도 어쩔 수 없는 격차를 실감할 수밖에 없었다.

문득 가려가 묘한 눈으로 형운을 보며 말했다.

—계속 느끼는 겁니다만…….

—뭐가요?

—공자님, 쌍비룡 권우는 과묵한 인물이라는 설정이라고 하지 않았습니까? 아무리 봐도 과묵한 인물이 아니라 품위 없는 건달로밖에 안 보입니다만…….

—…….

날카로운 지적에 움찔한 형운은 곧 뻔뻔하게 대꾸했다.

—아, 몰라요. 어차피 누나가 벙어리라는 설정이라 떠벌떠벌해야 하는데 이제 와서 무슨. 과묵한 인물 설정 따위 집어치우고 그냥 막 나갈 거야.

가려는 혀를 끌끌 차고 싶어 하는 눈길을 듬뿍 보내주었다. 초명이 말을 못한다는 설정만 아니었어도 그렇게 했으리라.

형운이 흑도인들을 쏘아보며 말했다.

"각출해라."

"네, 넷?"

"돈 각출해서 이 객잔에 피해 보상 하라고."

"……."

"왜 그렇게 눈알을 굴려대? 설마 싫어?"

본심이야 그랬지만 여기서 그렇다고 대답할 수 있을 리가 없었다.

그들은 얌전히 지닌 돈을 탈탈 털어서 객잔에 충분한 금액의 피해 보상을 해줬고…….

"은공! 어딜 가십니까?"

그들을 끌고 나가는 형운과 가려를 보며 청년 무인이 당황해서 물었다.

그러자 형운이 그를 돌아보며 말했다.

"뒤탈이 없도록 이놈들 조직 좀 아작 내야겠소."

"…네?"

"몸이나 잘 추스르시오. 그럼 이만."

"……."

황당하기 짝이 없는 소리였다.

하지만 형운은 장난기라고는 없는 모습으로 나가 버렸다.

그날, 하오의 암흑가에서 상승세를 타고 있던 위도방이 쌍비룡 권우와 묵권 초명 단 두 사람에 의해 풍비박산 났다는 소식이 알려지면서 많은 이들을 경악케 했다.

6

쌍비룡 권우와 묵권 초명은 하오의 암흑가에 태풍을 일으켰다.

위도방이 아작 나고 그 사실이 알려진 다음 날, 혈권방주가 냉큼 위도방의 사업장을 차지해 버렸다. 혈권방주는 위도방주와 혈주(血酒)를 나눈 의형제였지만 원래 흑도의 무리들이란 틈이 보이면 의형제가 아니라 진짜 형제도 등쳐먹는 놈들이게 마련이다.

하지만 혈권방주의 행동이 흑도인들에게도 비난의 대상인 것은 맞았다. 그래서 그는 선수 쳐서 얄팍한 명분 쌓기를 시도했다.

'쌍비룡 권우와 묵권 초명의 피로 위도방주 형님의 원한을 달래겠다!'

위도방주가 쌍비룡 권우에게 두들겨 맞고 혼절한 상태가 아니었다면 필시 이렇게 항변했을 것이다.

'나 안 죽었어! 그런 거 부탁한 적 없다!'

하지만 위도방주는 다시는 무공을 익힐 수 없는 부상을 입고 혼절해 있었고, 혈권방주가 그의 신병을 잽싸게 확보해 놓은 터라 저 명분 쌓기가 성공하면 사소한 반발은 힘으로 찍어 누르는 게 가능했다.

혈권방주는 자신의 방원들로 하여금 쌍비룡 권우와 묵권 초명을 감시하게 했다.

곧바로 공격하지 않은 것은 위도방원들을 통해 둘이 얼마나 무서운 고수인지 파악했기 때문이다. 아무리 봐도 혈권방의 전력만으로는 승산이 없었기에 이름난 낭인들을 고용하는 한편, 하오 중심가의 이권을 다투는 천도회에서 무인들을 빌려 왔다.

그 행동은 놀랍도록 신속했다. 위도방이 풍비박산 난 다음 날 아침, 저잣거리를 거닐던 쌍비룡 권우와 묵권 초명이 혈권방원들에게 포위당했다.

두 사람은 장소를 옮기자는 혈권방원들의 요구에 순순히 응했다. 그리고…….

"하나같이 변변찮군."

그들을 끌고 왔다고 희희낙락하던 혈권방원들이 박살 나는 데는 장소를 옮기는 데 걸린 시간만큼도 걸리지 않았다.

쌍비룡 권우는 사방에 널브러진 혈권방원들을 휘둘러보며 중얼거렸다.

"이, 이놈들… 크억!"

그리고 혈권방이 고용한 낭인들 역시 박살 난 후였다. 마지막 낭인이 묵권 초명의 연타에 맞고 피를 뿌리며 쓰러졌다.

권우와 초명으로 위장한 형운과 가려는 내공을 5심으로 제약하고 상승절학들도 봉인하고 있었다. 그러나 그것만으로도 이런 변두리 암흑가는 제패하고도 남을 수준인 데다가 둘의 기량이 워낙 뛰어났기에 도무지 적수를 찾을 수가 없었다.

혈권방원들은 2심 내공만으로도 부방주라고 거들거리는 수준이었고, 그들이 초빙한 '뛰어난 낭인'들도 고작 2, 3심 내공 정도였다. 성 밖으로 다니는 일이 많은 만큼 흑도인들보다 살벌한 감각으로 살고 있어서 무공을 꽤 실전적으로 사용했지만 형운과 가려 상대로는 어린애가 발악하는 것처럼 조잡하기 짝이 없다.

—어쩌시겠습니까?

가려가 전음으로 물었다. 형운이 피식 웃었다.

—그야 고민할 필요도 없는 문제지요.

이렇게 된 이상 물러선다는 선택지는 없었다.

가려가 형운을 째려보았다.

—아무리 봐도 얌전히 지낼 마음이라고는 눈곱만큼도 없으신 거 같습니다만.

—저는 정말 그러고 싶은데 세상이 저를 가만 내버려 두질 않네요.

—제가 보기에는 공자님이 세상의 멱살을 붙잡고 시비를 거는 수준입니다만?

—에이, 누나도 알면서 왜 그래요. 이런 놈들은 가만히 내버려 두면 기세등등해서 우르르 몰려와서 결국은 싸우게 된다고요.

—'사실은 선풍권룡 형운입니다' 라고 정체만 밝혀줘도 시비를 걸기는커녕 공자님이 가시는 곳마다 숨을 죽이고 살겠지만 말이죠.

—하지만 그러면 우리 시선이 안 닿는 곳에서 이런 놈들이 어떤 패악을 부리며 사는지는 영원히 모르고 살게 되겠죠. 별의 수호자의 형운일 때는 할 수 없는 일을 하고 싶어서 이 짓을 시작한 거니까요.

그 말에 가려는 한숨을 쉬었지만 더 이상 뾰족하게 굴진 않았다.

7

하오의 암흑가를 구성하는 흑도인들은 신이 나 있었다. 간만에 커다란 사건이 일어났기 때문이다.

기세등등해서 패악을 저지르던 위도방이 쌍비룡 권우와 묵권 초명, 단 두 명의 낭인에게 하룻밤 만에 박살 났다.

그리고 이런 기회만을 기다렸다는 듯 냉큼 위도방의 영역을 집어삼키고 명분 쌓기를 시도했던 혈권방 역시 두 낭인에 대한 공격을 시작한 그날 해가 지기도 전에 박살이 나고 말았다.

“괴, 괴물! 놈들은 괴물들입니다!”

심복들과 함께 도망친 청년, 혈권방주는 파랗게 질려 있었다.

그는 암흑가에서 살면서 난다 긴다 하는 고수들을 제법 보아온 바 있었다. 그들은 하오 흑도인들 사이에서는 제법 거들먹거릴 정도의 무공 실력을 갖춘 혈권방주가 감히 덤빌 엄두가 나지 않을 정도로 무서운 자들이었다.

하지만 나이 먹은 자들이 종종 경고하는 말은 믿기가 힘들었다.

‘네가 보아온 실력자들도 진짜 실력자들 앞에서는 피라미에 불과할 뿐이다. 진짜 명문정파의 고수들이나 흑도 명문의 실력자들은 과장 없이 일당백이 가능한 실력자들이다. 손짓 한 번으로 풍운조화(風雲造化)를 일으키고 검 한 번 휘둘러서 건물을 쪼개 버리지.’

그런 말을 들을 때마다 혈권방주는 나이 먹은 꼰대들의 허풍은 정말 답이 없다고 생각해서 귓등으로 흘려들었다. 그런 고수들이 세상에 있다는 것 자체를 부정하진 않지만 그런 자들은 노는 물 자체가 다른 법 아니겠는가?

하지만 이제는 자신의 어리석음을 인정할 수밖에 없었다. 강호에 이름을 알린 지 두 달밖에 안 된 젊은 낭인협객들이 비현실적인 무력으로 그의 조직을 박살 내버렸으니까!

한 번 뛰어서 10장을 좁히고, 일장으로 돌벽을 산산조각 내며, 손가락에서 뿜어져 나오는 기운으로 칼날도 뎅겅뎅겅 잘라 버리는 것을 보니 자기가 얼마나 우물 안 개구리였는지 알 수 있었다.

"낭인협객이라기에 고만고만한 수준일 줄 알았더니… 진짜 고수인 모양이군."

혈권방주가 도망쳐 온 곳은 천도회였다. 하오 중심가의 이권을 다투는 하오 3대 조직 중에 하나인 천도회는 혈권방과는 격이 다른 명문이다.

혈권방주가 그런 천도회의 힘을 빌릴 수 있었던 것은 그가 천도회주의 조카이기 때문이다. 그리고 혈권회는 지분 일부가 천도회의 소유인, 사실상 천도회의 하부 조직이나 다름없는 곳이기 때문이기도 했다.

천도회주는 눈썹이 없는 데다 대머리라 굉장히 험악해 보이는 중년의 남자였다. 그는 벌벌 떨고 있는 조카를 가만히 바라보다가 그를 수행해 온 자, 혈권방에 빌려주었던 천도회원을 보며 물었다.

"자네가 보기에는 어땠나?"

그와 함께 혈권방에 파견되었던 다른 천도회원들은 죄다 쓰러져서 돌아오지 못했다.

권우와 초명의 실력을 대번에 알아보고 혈권방주를 피신시킨 것에서 알 수 있듯 그는 천도회주가 신임하는 부하 중 하나였다. 혈권방에 인원을 빌려주면서 만에 하나의 사태에는 혈권방주를 지킬 호위로 그를 보냈던 것이다.

질문을 받은 천도회원이 곰곰이 생각해 보더니 말했다.

"빈객들 중 누구도 상대가 되지 못할 것 같습니다. 어쩌면 합공한다 해도 안 될지도 모릅니다."

흑도 조직에서 이야기하는 빈객(賓客)이란 조직원이 아닌, 하지만 필요할 때 도움을 요청할 수 있는 손님을 말한다. 조직에 소속되고 싶지 않으나 조직의 울타리는 필요한 자들과 조직의 이해가 맞아떨어질 때 발생하는 관계다.

천도회는 흑도 명문인 만큼 빈객들의 수준도 대단히 높았다. 그런데 그들이 합공을 가해도 상대가 안 될 정도라면…….

"진짜 고수로군. 가끔 하늘에서 뚝 떨어진 것처럼, 연고도 없이 튀어나오는 괴물들이 있지. 하필이면 어디서 기연을 주워 먹은 게 분명한 그런 놈들과 엮인 건가."

천도회주가 신음처럼 중얼거렸다.

설령 권우와 초명이 진짜배기 고수라고 하더라도 천도회가 총력을 기울인다면 처치할 자신이 있다. 하지만 문제는 그럴 가치가 없다는 것이다.

고작 두 명의 낭인을 상대로 총력전을 벌여서, 크나큰 손실을 입어가면서 승리를 거둔다면 무엇을 얻을 수 있을까?

얕잡아 보이면 끝장인 것이 흑도의 생리니 자존심은 지킬 수 있을 것이다. 하지만 현실적으로는 조직이 크나큰 상처를 입게 될 것이고, 천도회와 나란히 3대 조직으로 불리는 두 조직은 승냥이처럼 그 상처를 물어뜯으리라.

"할 수 없지."

천도회주는 고심 끝에 결단을 내렸다.

8

해가 저물고 밤이 되었다. 암흑가가 활기를 띠기 시작하는 시간이었다.

와아아아아!

하오 암흑가에 비밀리에 마련된 회장에 함성이 울려 퍼지고 있었다.

가지각색의 구경꾼들이 모여든 그 회장 한복판에는 가로 세로 3장(약 9미터) 넓이의 정사각형 비무대가 설치되어 있었다. 그리고 그 위로 좌우 허리춤에 두 개의 단봉을 차고 있는 거친 인상의 청년이 올라섰다.

"졸지에 광대 짓을 하게 되었군."

쌍비룡 권우로 위장한 형운이 싸늘하게 웃으며 중얼거렸다.

혈권방을 박살 낸 권우와 초명은 천도회에는 대단한 골칫거리였다.

실질적으로 혈권방이 천도회의 하부 조직이나 다름없다는 점을 아는 이는 거의 없다. 그러니 혈권방이 박살 났어도 천도회주의 조카인 혈권방주를 구해낸 것으로 만족할 수도 있었다.

문제는 천도회가 혈권방에 무인을 빌려주었다는 것이다. 그리고 그 무인들이 권우와 초명에게 형편없이 박살 났다.

이렇게 되면 천도회는 물러날 수 없다. 체면이 상한 이상 그것을 만회해야만 하는 것이 흑도의 생리였으니까.

하지만 아무리 생각해도 권우와 초명과 총력전을 벌이는 것은 득보다 실이 많았다.

사실 그런 판단을 내린 것만으로도 천도회주는 비범한 인물이라고 할 만하리라. 적어도 진정한 고수가 얼마나 무서운 존재인지를 알고 있지 못했다면 그런 판단을 내리지 않았을 테니까.

문제는 싸워봤자 손해만 나는데 싸우지 않을 수 없다는 현실이다.

이 문제를 천도회주는 아주 영리한 방법으로 해결했다.

혈권방을 박살 낸 다음 날, 천도회의 사자가 권우와 초명을 찾아와서 통보했다.

'천도회는 쌍비룡 권우와 묵권 초명과 은원을 청산하길 원한다! 그러나 천도회와 당신들의 은원은 혈권방을 통해 간접적으로 맺어진 것, 이에 천도회가 총력을 다해 당신들을 짓밟는 것은 도리에 맞지 않는다고 지탄받으리라.'

흑도의 명문인 천도회는 마음만 먹으면 얼마든지 네놈들을 짓밟을 수 있다. 네놈들도 그 사실을 잘 알고 있을 것이다.

그런 식으로 권우와 초명을 깔아뭉개는 말이었다. 그것은 뒤따라오는 요구를 성사시키기 위한 포석이었다.

'그러니 천도회는 당신들에게 자신의 무공으로 활로를 열 기회를 주겠다! 우리가 선택한 다섯 명의 무인과 결투해라! 싸워서 이겨낸다면 당신들의 무공에 경의를 표하며 은원을 잊겠다! 보상도 하리라! 하지만 패한다면 각오하는 것이 좋을

것이다!'

사자는 일방적으로 통보하고는 돌아가 버렸다. 아주 자기들 좋을 대로 떠들어대고 튀는 솜씨가 일품이었다.

하지만 그 광경을 본 사람들에게는 아주 잘 먹혔다.

아무리 권우와 초명이 대단해도 단둘이서 흑도의 거대 조직과 싸워서는 승산이 없다. 천도회는 흑도의 명문답게 모두가 납득할 수 있는 타협안을 제시한 것이다.

다들 그렇게 여기고 권우와 초명을 응원했다.

그리고 마침내 권우와 초명이 천도회에서 마련한 결투회장에 모습을 드러낸 것이다.

와아아아아!

구경꾼들은 흑도인들과 낭인들이 대부분이었다. 그들은 곧 벌어질 피의 제전을 기대하며 흥분해 있었다. 보아하니 내기도 진행되고 있는 것 같다.

형운은 그들을 심드렁하게 바라보았다.

'재수 없는 면상들만 모여 있군, 정말.'

다 한 대씩 후려 패서 조용하게 만들고 싶다. 형운은 그런 충동을 느끼며 위쪽을 바라보았다.

2층에 특별히 마련된 좌석에 천도회주가 앉아서 그를 내려다보고 있었다. 그러나 왠지 둘의 눈길이 마주치는 순간, 천도회주가 움찔했다.

"왜 그러십니까, 두목님?"

그를 수행하던 부하가 물었다. 그러자 천도회주는 표정을 다잡으며 말했다.

"아니, 그냥 벌레에게 물렸을 뿐이다."

그가 그렇게 변명하는 동안 천도회의 인원이 관객들에게 이 결투의 배경을 설명하고, 결투 시작을 선언했다.

그리고 첫 번째 결투자가 권우와 싸우기 위해 비무대에 올라서는 것을 보는 천도회주의 뇌리에 한 시진(2시간) 전의 일이 떠올랐다.

9

권우와 초명에게 사자를 보낸 천도회주는 스스로의 발상에 흡족해했다.

최대한 적은 손실로 명예와 실리를 두루 챙길 수 있는 방법이 아니겠는가? 자신들만이 아니라 권우와 초명에게도 만족스러운 타협안이 될 것이다.

'그들과 원한을 져서 좋을 건 없지.'

그 정도 실력자라면 나중에 좋은 관계를 맺을 수 있는 가능성을 열어두는 것이 좋았다. 뛰어난 낭인은 흑도 조직에 있어서도 뛰어난 해결사가 되어줄 수 있는 존재이니까.

천도회주는 그들과 싸우게 할 다섯 명을 누구로 할지 고민했다. 어차피 이길 수 없는 싸움이라면 거슬리는 놈들을 치우는 기회로 이용하는 게 나으리라.

그런데 그때 문 바깥에서 신경 쓰이는 소리가 울렸다.

콰직! 퍽!

깔끔한 타격음이었다.

일반인이라면 듣지 못했을 작은 소리였다. 하지만 천도회주는 하오 암흑가에서 손꼽히는 고수였다. 일반인과는 비교도 안 되는 청력을 지녔기에 그 소리를 포착할 수 있었다.

천도회주는 주저 없이 칼을 꺼내 들었다. 그리고 내공을 모아 소리 지르려는 순간…….

—그러지 않기를 권하겠소, 천도회주.

나직한 전음이 들려왔다.

천도회주는 흠칫했다. 전음을 쓸 수 있는 자는 천도회 고위직 중에서도 몇몇만 있을 뿐이었다. 그리고 그들 중 벽 너머에 있어서 보이지도 않는 상대에게 이토록 뚜렷한 전음을 보낼 수 있는 이는 아무도 없었다.

굳어버린 천도회주의 눈앞에서 문이 조용히 열렸다. 그리고 그가 처음 보는, 하지만 인상착의를 잘 알고 있는 인물이 들어왔다.

"쌍비룡 권우?"

"일면식도 없는데 알아봐 주다니 놀랍군. 앉아도 되겠소?"

권우는 천도회주의 대답을 듣지 않고 의자를 끌어다가 그의 책상 앞에 놓고 거만한 자세로 앉았다.

그리고 열린 문으로 초명이 뒤따라 들어오더니 문을 닫고 섰다. 가만히 서서 바라보는 것뿐인데도 숨 막힐 듯한 압박감이 느껴졌다.

천도회주가 믿을 수 없다는 듯 물었다.

"어떻게 여기까지 온 거냐?"

"말투가 거슬리는군. 생사여탈권을 쥔 사람을 대하는 예의를 배울 필요가 있을 것 같소."

쉬이이이익!

순간 황백색 빛이 천도회주의 귓가를 스치고 지나갔다.

"……."

천도회주는 식은땀을 흘렸다.

어느새 권우가 오른손으로 단봉을 뽑아 들며 그를 겨누고 있었다. 단봉의 끝에서 황백색 빛이 4척(약 120센티) 길이로 뻗어 나와서 그의 귀 옆에서 뜨거운 열기를 뿜어내었다.

'보이지 않았다.'

권우가 단봉을 뽑아 들고 응축한 열양지력을 봉기(棒氣)의 형태로 발출하는 과정이 전혀 보이지 않았다.

만약 권우가 마음만 먹으면 천도회주의 목숨은 간단하게 끊어지리라. 천도회주는 권우가 자신이 생각했던 것보다 훨씬 무서운 고수임을 깨달았다.

'이 정도면 총력전을 벌여도… 우리가 망한다.'

권우와 초명이 천도회를 상대로 역발산기개세(力拔山氣蓋世)를 자랑할 것이라는 의미가 아니다.

둘은 정면에서 조직을 상대할 필요가 없다. 원한다면 포위망을 거침없이 뚫고 들어와서 천도회주만 죽일 것이다. 그리고 간부들을 하나하나 분쇄하는 것으로 조직 자체를 와해시켜 버릴 실력이 있었다.

"대화를 나눌 마음이 들었나 보군."

권우가 봉기를 거두며 말했다.

천도회주가 식은땀을 흘리며 물었다. 말투는 자연스럽게 정중해져 있었다.

"나를 죽이러 온 게 아닌 거요?"

"우리는 살인귀가 아니오. 당신을 굳이 죽여야 할 이유가 있겠소?"

"……."

한마디로 살의를 품을 필요도 없을 정도로 그와 천도회의 실력 차이가 크다는 뜻이다.

오만하고 모욕적인 말이었지만… 천도회주는 성을 낼 수

가 없었다. 지금 상황이 권우의 말이 사실임을 증명해 주고 있지 않은가?

게다가 권우는 하오의 암흑가를 뒤집어놓는 과정에서 단 한 명도 죽이지 않았다. 재기 불능의 부상을 입은 놈들이야 많지만…….

'이만한 힘을 지녔으니 난투를 벌이다 보면 실수로라도 힘을 과하게 써서 한두 명은 죽일 법도 한데 그러지 않았다.'

그러기는커녕 목숨이 경각에 달한 자도 없었다.

그 사실이 의미하는 바를 깨닫자 오싹한 공포가 밀려왔다.

권우가 살인을 저질러 본 적이 없는 자라면 모를까, 강호 활동을 시작한 후 산적이나 현상 수배범들을 잡을 때는 피를 보기를 주저하지 않았다. 그런데 도시의 울타리 안으로 들어오자 압도적인 다수를 상대로 무참한 폭력을 행사하면서도 이런 결과를 만들어내다니…….

'이자는 우리가 상대할 수 있는 자가 아니다. 어쩌면 명문대파의 최정상급 고수와 같은 수준일지도 모른다. 단순히 젊은 놈이 기연을 주워 먹은 수준이 아니야.'

도대체 왜 낭인으로 떠도는 것인지 이해할 수 없는 수준이다.

물론 간혹가다 낭인 중에서도 무서운 실력을 가진 자가 나오고는 했다. 하지만 그 대부분은 밑바닥부터 낭인 생활을 해서 고수가 된 게 아니라 특정 조직에 소속되어 뛰어난 무력을 키운 자가 낭인이 된 경우였다.

예를 들면 낭인 생활을 시작한 지 10년 만에 하오 3대 조직 중 하나를 키워낸 독안랑(獨眼狼)이 그렇다. 그는 10년간 관군에 몸담았던 자로, 비교적 평화로운 요즘 세상에는 격전지라고 할 수 있는 서남부 국경 지대에서 야만족들을 상대했던 자였다. 그의 조직인 야랑방의 힘은 3대 조직 중 가장 약하지만 독안랑 본인의 무공이 압도적이라 누구도 그들을 무시하지 못했다.

천도회주가 보기에 권우의 실력은 독안랑 이상으로 보였다. 명문대파의 제자들처럼 고도로 체계화된 과정을 거쳐 무공을 익히지 않고서는 도달할 수 없는 경지다.

권우가 말했다.

"당신들이 주제 파악도 못 하고 우리를 약자 취급 하더군. 좀 빈정이 상해서 와봤소. 어디 나를 설득해 보시오."

"무슨 뜻이오?"

"내가 당신이 제시한 광대놀음에 어울려 줘야 하는 이유를 말해보란 뜻이오. 그냥 여기서 당신을 빠르게 은퇴시켜 버리고, 돌아가는 길에 천도회도 박살 내버리는 쪽이 낫다고 생각하지 않도록."

천도회주가 침을 꿀꺽 삼켰다. 이제는 권우가 정말로 그럴 수 있는 인물임을 알기 때문이다.

권우가 씩 웃었다.

"당신이 생각해 낸 광대놀음은 기분은 나빴지만 비교적 괜찮은 타협안이었다는 것은 인정하는 바요. 그래서 곧바로 뒤집어 버리지 않고 이야기를 들어보러 온 거요. 그러니 말해보시오."

그 말에 천도회주는 필사적으로 천도회가 존속해야만 하는 이유를 머릿속으로 정리하기 시작했다.

그렇게 짧지만 천도회주가 죽을 때까지 잊을 수 없는 지옥 같은 시간이 지나갔다.

10

연달아 울려 퍼지는 경악성에 천도회주의 의식이 현실로 돌아왔다.

"맙소사……."

"쌍비룡 권우와 묵권 초명이 저 정도의 고수였단 말인가?"

결투장의 관객들이 경악에 휩싸였다.

모두가 예상하고 있던 그림은 권우와 초명이 천도회가 내세운 고수들을 상대로 힘겨운 싸움을 벌이는 것이었다.

둘이 낭인계의 신성이라 불릴 정도의 고수라고 할지라도

하오 암흑가에서 천도회의 위상은 모두를 고개 숙이게 만들기에 충분했다. 그들이 체면을 지키기 위해 이 자리를 마련했으니 일개 낭인들에게 쉬운 싸움이 될 리가 없었다.

실제로도 천도회는 하오 암흑가에 이름이 알려진, 쟁쟁한 인물들을 내보냈다.

그러나…….

쩌어어엉!

충격파가 비무대 위의 공기를 밀어내고 결투장 전체에 쇳소리가 울렸다.

물 찬 제비처럼 날래게 변화하던 검격이 간단하게 권갑에 가로막혔다.

분명 완벽하게 검객이 원하는 궤도를 그리며 최고의 가속을 얻은 검격이었다. 그런데 초명은 손을 슥 갖다 대는 것만으로 간단하게 검을 정지시켜 버렸다.

"저럴 수가!"

"내공이 도대체 얼마나 심후하단 말인가?"

눈썰미가 있는 자들이 경악했다. 초명의 한 수가 심후한 내공으로부터 비롯된 것임을 알아보았기 때문이다.

"크억……!"

게다가 단지 검격이 가로막혔을 뿐인데도 검객이 비틀거리며 물러났다.

힘을 실은 검격이 가로막힌 반동만이 아니다. 검날과 단봉이 충돌하는 순간, 가려가 그 반동을 이용해서 침투경을 때려 넣었기 때문이다.

"더 하겠나?"

그렇게 물은 것은 초명이 아니라 비무대 바깥쪽에서 팔짱을 끼고 있던 권우였다.

검을 지팡이 삼아 주저앉아 있던 검객은 고개를 휘휘 젓더니 힘겹게 말했다.

"패배를 인정하겠소."

그러자 결투회장이 들끓었다.

"연검선생조차 패하다니!"

"이제 혈견자 한 명만 남았다……!"

연검선생이라 불리는 자는 천도회의 빈객 중에서도 고수로 이름난 인물이었다. 워낙 주색을 밝히고 행동이 제멋대로라 천도회에게도 골칫거리였지만 일단 항쟁에 투입하면 대단한 실력을 보여왔다. 그런 그가 초명에게 농락당하듯 패배한 것이 믿어지지 않았다.

'이놈들은 진짜다.'

'우리와는 노는 물이 달라야 정상인 것들인데 왜 이런 곳에 있지?'

결투장의 흑도인과 낭인들은 권우와 초명이 격이 다른 고수임을 실감했다.

"그럼 마지막은 내가 하지."

권우가 초명과 교대해서 비무대 위에 올라섰다.

반대편에서 혈견자라 불리는 장신의 중년인이 잔뜩 긴장한 표정으로 올라왔다.

천도회의 돌격대장으로 차기 천도회주를 노리고 있다는 인물이었다. 하지만 조직 내부에서는 평판이 지저분해서 천도회주가 처리해 버릴 요량으로 이번 비무에 올려 보냈다.

'이놈은 좀 아작 내달라고 했던가.'

결투자 네 명 중에 두 명은 비교적 몸 성히 비무대를 내려갔고 두 명은 박살이 났다.

이것은 형운이 천도회주의 부탁을 들어준 것이었다. 몸 성히 내려간 자들은 적당히 기를 죽이고 싶은 자들이고 박살 난 자들은 조직 운영에 방해가 될 정도로 행실이 지저분한 자들이다. 형운도 그들에 대해서 따로 조사를 해봤기에 천도회주의 부탁을 들어줘도 괜찮겠다고 판단했다.

"네놈의 무공이 아무리 뛰어나도 싸움은 그것만으로 결정되는 게 아니다. 내가 넘어온 수라장이 얼마나 무서운지 보……."

쩍!

기세등등하던 혈견자의 말이 끊겼다.

형운이 마치 얼음 위를 미끄러지는 듯한 기묘한 보법으로 한순간에 거리를 좁히더니 그의 뺨을 갈겼기 때문이다.

"어이쿠, 설마 이걸 못 막을 줄 몰랐는데? 혹시 당신이 말하는 수라장이라는 게 애들 놀이판을 말하는 거였나? 듣자 하니 힘없는 아녀자들을 때리기를 그렇게나 좋아하셨던 모양이던데?"

"이 개자……!"

짝!

형운이 다시 그의 뺨을 갈겼다.

"말하게 둬봤자 귀만 더러워질 것 같으니 그냥 닥치고 처맞고 끝내자."

그리고 꺾이는 그의 고개를 발로 쳐 올리니 마치 공을 차올린 것처럼 하늘로 붕 떠오른다.

짜자자자자자자작!

형운의 양손이 전광석화처럼 그의 뺨을 난타해서 이빨을 모조리 박살 내버렸고…….

빡!

뒤통수를 한 대 갈겨서 바닥으로 떨군 다음 발로 옆으로 밀어버리듯이 걷어찼다.

콰직!

그 일격으로 팔이 부러진 채로 비무대 밖으로 나가떨어진 혈견자는 피거품을 문 채로 혼절해 버렸다.

"……."

정적이 내려앉았다.

권우가 완전히 그에게 압도당한 주변을 휘둘러보고는 말했다.

"이걸로 우리와 천도회의 은원이 끝맺어진 것으로 생각해도 되겠소?"

이견이 있을 리 없었다.

천도회주가 직접 그들의 무공을 인정하고, 위에서 내려다보는 태도가 아니라 대등한 입장에서 화해하는 것으로 일이 마무리되었다.

겉으로 보면 천도회 입장에서는 원래 설계했던 그림보다 모양새가 안 좋은 결말이었다. 그러나 하오 암흑가의 인사들이 두 눈으로 똑똑히 권우와 초명의 무위를 확인했기에 그들의 위상도 심하게 상하지는 않고 끝날 수 있었다.

―당신이 스스로의 말을 지키는 사람일지, 앞으로도 두고 보겠소.

형운은 당당하게 결투장을 나서면서 천도회주에게 전음을 보냈다. 천도회주는 식은땀을 흘리며 고개를 끄덕였다.

그가 형운을 설득한 이유는 민생(民生)이었다.

천도회는 70년의 전통을 가진 흑도의 명문이다. 암흑가의 이권을 다투며 아등바등 살아오긴 했지만 그래도 3대 조직으로 불리는 명문으로서 최소한의 품위를 유지하며 운영되었다.

고리대금업처럼 사람들의 원성을 살 사업은 하고 있지 않았고, 조직원들의 질 관리에도 신경을 써서 지금의 천도회주가 취임한 후로는 일반인 상대로 패악을 부리는 일이 없었다.

사실 그렇기에 3대 조직으로서의 위엄을 유지할 수 있는 것이기도 했다. 그들의 행실이 도가 지나치다면 관에서 그냥 두고 보지 않기 때문이다.

그런 천도회가 무너진다 해서 그들이 차지하고 있던 영역이 사라지는 것이 아니다. 다른 누군가가 그 자리를 대체할 뿐이다.

그 와중에서 피가 흐를 것이고, 천도회의 비호를 받던 일반인들 역시 피해를 입을 것이다.

'당신들이 진정 협의를 아는 자들이라면 불의를 벌하기 위해서가 아니라 단지 악운으로 맺어진 관계를 청산하기 위해 천도회를 부수면 안 되오.'

천도회주는 그렇게 형운을 설득하는 데 성공했다.

하지만 형운이 그저 천도회주의 말이 그럴싸해서 설득된 것은 아니었다. 그에게 오기 전에 따로 천도회의 평판을 조사해 보았기에 서로가 온건하게 끝날 수 있는 기회를 준 것이다.

11

형운과 가려는 하오에 며칠간 더 머물렀다.

그동안 천도회와 흑도의 여러 조직에서 그들과 접촉을 시도했다. 빈객으로 초빙할 수 있다면 좋고 그렇지 않아도 친분을 쌓아두고 싶었으리라.

하지만 두 사람은 그런 제의를 다 거절하고 일거리를 찾아다녔다. 처음부터 목적지가 정해져 있었는지라 되도록 그쪽으로 가는 상단과 동행하고 싶어서였다.

"하하하. 은공들과 함께하게 되다니 정말 이렇게 기쁠 수가 없군요."

일반적인 시세에 비해 훨씬 거금을 주고 두 사람을 고용한 것은 황보상단이라는 중소 규모의 상단이었다.

그리고 상행을 이끄는 것은 위도방과 시비가 붙었던 젊은 청년 무인이었다. 그가 황보상단의 후계자 황보윤이었던 것이다.

"그때는 어쩌다 호위 없이 혼자 그런 곳에 갔다가 곤경에 빠지셨소?"

황보가는 제법 잘사는 집안인지 황보윤의 호위 역할을 하는 무인들도 여럿 있었다. 그리고 명백히 황보윤을 돌보기 위해 따라 나온 것으로 보이는 권 총관이라는 노인은 상당한 고수였다.

황보윤이 머리를 긁적였다.

"부끄럽군요. 사실 제가 이번이 첫 상행입니다. 진모 밖으로 나온 것이 10년 만이라 좀 자유롭게 돌아다니고 싶어서 감시의 눈길을 피해서 놀러 나갔다가 그만……."

"도련님이 좀 철이 없으셔서 은공들에게 신세를 졌습니다."

"으, 권 총관. 그렇게 말씀하시면 제 체면이 뭐가 됩니까?"

"이분들 앞에서 깎일 체면이 남아 있긴 합니까?"

"그래도 그렇지."

권 총관이 심드렁하게 말하자 황보윤이 투덜거렸다. 신분상으로는 황보윤이 윗사람이지만 실제로는 가족 같은 관계인 모양이었다.

'관군 출신인가 보군. 실력으로 보면 백부장까지는 했을 수도 있겠어.'

형운은 권 총관의 내공과 기파를 살피어 경력을 가늠했다.

무인으로서는 일선에서 물러나 있은 지 좀 되었는지 기파의 예리함이 좀 떨어져 보이기는 한다. 하지만 내공 화후가 5심에 이르는지라 예전에는 꽤 날렸을 것 같았다.

"어쨌든 이렇게 일을 맡아주셔서 감사합니다. 그날 곧바로 찾아뵙고 싶었지만 분위기가 워낙 흉흉하여 그러지 못한 것은 죄송하게 생각하고 있습니다."

첫 만남의 밤 이후 권우와 초명은 하오의 암흑가를 강타한 태풍의 눈이었다. 상단을 이끄는 입장에서는 섣불리 접근하지 못한 것이 당연했다.

"은공들께서는 무슨 일로 진모까지 가십니까?"

"부탁받은 일이 있어서 가오."

"부탁받은 일이라면 혹시 그곳에서도……."

"아니, 이걸 쓰는 일은 아니오."

허리춤의 단봉을 툭툭 두들겨 보인 형운이 말을 이었다.

"인연이 닿은 사람에게 유품을 전달해 달라는 유언을 들었소."

"아……."

그 말만으로도 사정을 짐작할 수 있었기에 황보윤은 더 캐묻지 않았다.

그리고 형운과 가려가 황보상단과 함께 진모로 향하는 여행이 시작되었다.

제162장

풍랑검객(風浪劍客)

1

미우성 북서부에 위치한 진모는 미우성 본성만큼이나 번화한 상업 도시였다.

이 도시가 그렇게 번성할 수 있었던 것은 지리적 여건 때문이다.

호장성과 영운성의 접경지대를 지나 대륙 서해로까지 이어지는 하운국 최대의 강, 운강(雲江)과 인접해 있기 때문이다. 또한 위진국 쪽에서 수입된 물자가 제도 하운성으로 가는 동안 반드시 거쳐야 하는 길목이기도 하기에 번성할 수밖에 없었다.

그리고 그만큼 암흑가 역시 거대했다.

"흑풍검 왕춘, 그동안 실력이 더 좋아진 모양이군. 이 정도로 잘 도망쳐 다닐 줄 몰랐다."

어두컴컴한 골목에서 그렇게 말한 자는 소매가 넓은 옷을 입은 초로의 무인이었다. 키가 크고 몸은 비쩍 말랐는데 눈빛만은 형형해서 마주하는 것만으로도 공포를 준다.

그런 그의 앞에 한 중년 검객이 한쪽 무릎을 꿇은 채로 숨을 몰아쉬고 있었다.

"쌍비당랑, 네놈도 여기 와 있었나."

과거 흑도에서 흑풍검이라는 별호로 불리던 검객, 하지만 풍검문으로 돌아간 후 이제는 정파의 무인으로서 풍랑검객(風浪劍客)이라는 별호를 얻은 왕춘이었다.

옆구리에 비수 한 자루가 꽂혀 있는 그는 느긋하게 다가오는 쌍비당랑을 보며 몸을 일으켰다.

"이렇게 널 죽일 기회를 잡게 되다니 운이 좋았어."

왕춘은 과거 다령의 암흑가에서 활동할 당시 도룡방의 빈객으로 있었다. 쌍비당랑 역시 당시에 도룡방의 빈객이었기에 몇 번 같이 싸운 적이 있었지만 둘의 사이는 전우와는 거리가 멀었다.

"사실 넌 전부터 정파 놈들처럼 품위 찾는 게 재수 없었어. 진짜로 정파 놈이었다는 걸 알게 되니 역시 그랬구나 싶었……."

"나잇살 처먹고도 여전히 수다스럽군."

왕춘은 그의 말을 자르고는 자세를 잡았다. 비수가 옆구리에 꽂혀 있는데도 놀랍도록 호흡이 차분했다.

"흥. 곧 죽어도 허세 부리기는."

쌍비당랑이 잔인하게 웃으며 양손에 한 자루씩 단검을 뽑아 들었다. 검날이 웅웅거리면서 아지랑이 같은 기운이 피어오른다.

그는 두 자루의 단검을 마치 수족처럼 다루는 고수였다. 검을 쓰는 왕춘을 정면 대결로 상대하기에는 불리하지만 지금은 모든 조건이 그에게 유리하다.

장소는 좁은 골목이었고, 왕춘은 하루 종일 도주하며 싸움을 치렀기에 지쳐 있었으며, 이제는 옆구리에 비수까지 한 자루 꽂힌 중상자였다.

"어디 정파의 협객님 실력을 볼까?"

쌍비당랑은 뛰어드는 척하면서 왼손의 단검을 투척했다. 동시에 환상처럼 소매 안쪽에서 또 한 자루의 단검이 튀어나와 그의 손에 잡혔지만…….

서걱!

섬뜩한 소리가 울리며 그의 왼팔이 잘려 나갔다.

"……!"

쌍비당랑이 경악했다.

왕춘은 마치 그가 단검을 투척할 줄 알았다는 듯 그 궤도를 스치듯이 피해 뛰어들면서 일검을 날렸던 것이다.

"예나 지금이나 수작이 뻔해."

안개처럼 투명한 빛을 머금은 왕춘의 검이 쌍비당랑의 몸통을 깊숙이 갈라 버렸다. 쌍비당랑이 허우적거리며 쓰러졌다.

"마, 말도 안 돼……!"

쌍비당랑은 스스로의 패배를 믿지 못하겠다는 듯 눈을 부릅뜬 채로 숨이 끊어졌다.

"크윽……!"

쌍비낭랑의 시체를 내려다보던 왕춘이 비틀거렸다.

지금의 그는 흑풍검이던 시절보다 육체는 단련되고, 내공은 심후해졌으며, 기맥 또한 훨씬 튼튼해졌다. 그렇기에 중상을 입고도 쌍비당랑을 순식간에 죽일 수 있었지만 그만큼 상태가 악화되고 말았다.

"스승님!"

비틀거리는 왕춘에게 한 청년이 뛰어와서 부축했다. 안색이 파리해진 왕춘이 말했다.

"가, 가자, 성아."

그는 왕춘의 제자 비성이었다. 왕춘을 따라 풍검문에 입문

한 그도 어느덧 한 사람 몫을 하는 청년 무인으로 자라나 있었던 것이다.

"당장 의원을 찾아가서 치료받아야 합니다."

"그럴 새가 없다. 일단 놈들의 눈길이 없는 곳으로 피해야 해……."

쌍비당랑이 공을 세울 생각으로 혼자 왔기에 망정이지 패거리를 끌고 왔다면 여기가 그의 뮛자리가 되었어도 이상하지 않았다.

비성은 왕춘의 말이 틀리지 않음을 알기에 입술을 깨물었다. 그리고 왕춘을 부축한 채로 골목을 걷기 시작했다.

2

한 마디 말을 나누지 않아도 마음이 통함을 느끼는 사람들이 있다.

황보상단의 후계자 황보윤은 권우와 초명을 보며 실제로 그런 관계가 존재함을 알게 되었다. 초명은 목을 다쳐서 말을 못하는데도 두 사람은 거의 눈짓만으로도 소통하고 있었다.

"얼마나 연계한 경험이 많아야 저럴 수 있는지 모르겠군요."

20년 이상 관군으로 생활하면서 산전수전 다 겪은 권 총관도 허를 내두를 정도로 권우와 초명은 연계가 잘되었다.

황보윤이 슬쩍 물었다.

“저들의 무공을 권 총관과 비교하면 어떻습니까?”

“허허, 도련님께서 이 늙은이를 난감하게 하시는군요.”

권 총관은 황보상단에서는 세 손가락 안에 드는 고수였다. 그것도 나이 먹고 은퇴해서 총관으로 일해서 그런 것이고 10년 전쯤까지, 황보윤의 부친과 함께 상단을 따라다닐 때는 정말 대단했다고 한다.

권 총관은 농담으로 얼버무리지 않고 진지하게 고민하더니 말했다.

“이 늙은이가 둘 중 누구와 싸워도 20합을 버티기 어려울 것입니다. 10년만 젊었으면 좀 더 버텨보겠습니다만…….”

그 말에 황보윤이 깜짝 놀랐다.

어려서부터 황보가의 가전 무공을 수련한 황보윤은 젊은이 중에서는 제법 괜찮은 실력을 가졌다고 자부하고 있었다. 부친이 그의 무공을 성장시키기 위해 다양한 무인을 초빙해서 지도받게 했고, 거액을 들여서 연단술로는 부동의 명성을 지닌 별의 수호자의 비약을 구입해서 먹이기도 했기 때문이다.

하지만 그런 황보윤도 권 총관이 대련에서 제대로 실력을 발휘하면 30합을 못 버틴다.

"진짜 고수라는 거군요."

"저들이 고수가 아니면 누가 고수겠습니까?"

지금 황보상단은 전투를 치르고 있었다. 목숨이 오가는 실전이다.

그런데 황보윤과 권 총관이 이토록 느긋하게 관전하고 있는 이유는 그럴 만한 상황이었기 때문이었다.

그들이 산길을 넘고 있는데 산적들이 나타났다. 25명이나 되는 산적들이 앞을 가로막자 황보상단 사람들은 바짝 긴장했다.

"가진 걸 다 내놓고 꺼지면 목숨만은 살려주마!"

여기까지는 아주 일반적인 산적의 대사였다.

그리고 보통 무장한 상단과 산적의 대화는 여기서부터 시작되게 마련이다.

황보상단의 인원은 총 15명이었고 황보윤과 권 총관을 포함한 10명이 전투 경험이 있는 무인들이었다. 산적들이 더 수가 많다고는 하지만 무작정 털어먹겠다고 덤볐다가는 큰 출혈을 감수해야 하는 상대라는 뜻이다.

따라서 여기서부터 보통 상단 쪽에서 통행료를 제시하고, 산적들이 그것을 받아들이면서 시작할 때에 비하면 밝은 분위기로 마무리가 되는 것이 일반적인데…….

"창의성 없는 놈이 꽥꽥거리는 걸 들어주자니 귀가 썩을 것 같군."

권우가 툭 내뱉더니 앞으로 나섰고, 초명이 자연스럽게 따라나섰다.

그리고 황보상단의 무인들이 나설 틈도 없이 산적들이 우수수 쓸려 나갔다.

황보윤 입장에서는 현실감이 안 느껴질 정도였다. 산적 떼라는 게 이렇게 쉽게 정리되는 거였나?

"…앞으로 어디 가서 힘자랑하지 말아야겠군요."

"이제라도 그런 마음을 먹어주시니 이 늙은이는 기쁩니다."

식은땀을 흘리는 황보윤의 말에 권 총관이 고개를 끄덕였다.

그러면서 그는 권우와 초명에게 의아한 눈길을 보내고 있었다.

'도대체 정체가 무엇이란 말인가? 쌍룡문이 대체 어떤 무문(武門)이기에…….'

형운과 가려가 이번 위장 신분을 만들기 위해 내세운 쌍룡문은 실존했던 문파다. 단지 오래전에 명맥이 끊어져서 세상에 없을 뿐이다.

강호 활동이 없어서 역사에서 잊혔던 무문들이 오랜 세월이 지나 다시 출현하는 일은 드물지 않았다.

강호의 이야기에서 자주 등장하듯 인연이 닿은 자가 비급을 손에 넣는 경우도 있지만 그런 사례는 별로 없다. 별의 수호자의 무학원처럼 무학자들의 조직에서 무공 비급을 입수해서 무공을 복원한 뒤 암시장에서 판매하거나, 신분 위장을 위한 재료로 쓰거나, 혹은 교관을 파견하여 무공을 지도하는 사업에 활용하는 등 다양한 경로로 세상에 풀어놓는 경우가 많았다.

권 총관은 강호 경험도 많아서 그런 뒷사정들도 많이 알고 있었다. 하지만 그의 지식에 비추어봐도 권우와 초명의 실력은 이해할 수 없는 수준이다.

'아무리 봐도 정말 뛰어난 고수에게 체계적으로 지도받은 무공이다.'

두 사람의 내공은 기심만을 놓고 보면 권 총관 자신과 비슷해 보인다. 젊은 나이에 그만한 내공을 쌓는 것이 불가능한 일은 아니다.

하지만 저들의 무공은 어떠한가?

탁월한 신체 능력과 내공에만 주목하기 쉽지만, 둘의 무공은 보면 볼수록 무서웠다. 권 총관은 저 둘의 내공이 두 단계쯤 낮다고 해도 승리할 자신이 없었다.

'고도로 체계화된 무공을 지닌 명문에서 명사의 지도를 받지 않고서는 도달할 없는 경지. 분명 배후가 있을 것 같지

만… 캐지 않는 게 좋겠지.'

세상에는 모르는 편이 좋은 일도 있는 법이다. 권 총관은 그 사실을 잘 알기에 호기심을 곱게 접어두었다.

3

소문은 사람의 발길보다 빠르다.

권우와 초명의 명성은 무서운 속도로 퍼져 나가고 있었다. 그들이 진모에 발 딛기 전부터 진모의 객잔에서 두 사람에 대한 이야기가 심심찮게 나올 정도였다.

그리고 강주성에서는…….

"그러고 보니 그 이야기 들었나?"

"뭐 말인가?"

"오늘 이 근처에 선풍권룡 형운이 나타났다는군."

"여기에? 무슨 일이었다던가?"

"추적하는 관병들을 죽이고 도주 중이었던 충마도귀를 단방에 쳐 죽였다지 뭔가."

"캬아, 역시 선풍권룡답군. 활약상이 들렸다 하면 호쾌한 이야기뿐이야."

모습을 드러낸 선풍권룡 형운의 활약상이 사람들에게 화젯거리를 제공해 주고 있었다.

그리고 취객들이 한창 그 이야기를 안줏거리 삼아 술을 즐기고 있을 무렵, 별의 수호자 총단에도 그 소식이 보고서의 형태로 운 장로에게 전달되어 있었다.

"정말 신출귀몰하군."

보고서를 읽은 운 장로가 어이없다는 듯 중얼거렸다.

여행을 떠난 뒤 두 달 반이 지나는 동안 별의 수호자의 정보망이 형운을 포착한 것은 고작 두 번이었다.

한 번은 당시 진해성의 골칫거리였던 흑향오살이라 불리는 살인귀들을 처치한 일이었고, 이번에는 강주성의 충마도귀를 추적하는 현장에 난입하더니 단번에 쳐 죽이고 관병들에게 시신을 인도했다.

"귀환 명령을 내려두는 편이 낫지 않겠습니까?"

장로로서의 업무를 보좌하는 이가 물었다.

운 장로가 고개를 저었다.

"명분이 없다네."

장로회가 선고한 형운의 처벌은 어디까지나 '1년간의 징계면직' 이었다.

장로회의 연구 협력을 제외한 어떤 임무도 맡을 수 없다는 부분은, 그냥 알아서 처신을 잘해서 까먹은 점수를 회복하라는 의미였지 업무명령이 아니다. 따라서 형운이 연구 협력을 하든 말든 그건 그의 자유였다.

하지만 그렇다고는 해도 떨어진 평판을 회복할 생각은 전혀 안 하고 휴가를 떠나 버릴 줄은 상상도 못 했지만…….

"그리고 그럴 필요도 없지. 그 아이가 연구 협력을 해주면 좋기야 하지만, 일월성신에 대한 자료는 이미 쌓일 만큼 쌓였으니."

일월성신인 형운은 정말 귀중한 연구 대상이다. 하지만 지금까지 워낙 많은 연구와 실험에 협력했기에 자료가 넘치도록 많이 모이기도 했다.

이미 별의 수호자는 일월성신을 재현할 능력이 있다. 어디까지나 유명후의 폭주로 금기가 되었기에 봉인하고 백운지신과 천공지체라는 대안을 진행하고 있을 뿐이다.

그러니 이제 형운은 반드시 총단에 묶어두고 집중적으로 연구해야 하는 대상이 아니었다. 그리고 단순히 연구 대상으로 취급하기에는 그의 조직 내 입지가 너무 커졌기도 하고.

"각 지부에는, 그 아이가 오면 앞으로 정기적으로 들러서 소식을 주고받으라는 명령서만 전달해 두게. 그리고 그 아이가 뭔가 일을 벌이려는 낌새가 있으면 적극적으로 협력하라고 하고."

운 장로 일파 입장에서 형운의 행보는 오히려 반가웠다. 척마대주 건은 완전히 당했지만 그가 조직의 일을 잊고 밖으로 나돌아 다니는 동안에는 골치 아픈 변수가 하나 없어지는 셈이니까.

보좌가 물었다.

"조직과 상관없는 일일 텐데 협력까지 해줄 필요 있겠습니까?"

"그 아이는 조직 밖에서는 일존구객의 일원인 선풍권룡일세. 이 두 사건을 보고도 그게 무엇을 의미하는지 모르겠나?"

"아, 죄송합니다."

뒤늦게 그의 지시가 의미하는 바를 깨달은 보좌가 얼굴을 붉혔다.

형운의 일에 협력하는 것만으로도 그 지역에서 별의 수호자 사업체의 평판이 좋아질 수 있는 것이다.

'물론 그것만은 아니지.'

운 장로는 형운이 별의 수호자라는 조직의 문제를 초월한, 거대한 운명을 따라가고 있음을 안다. 따라서 별의 수호자의 미래를 위해서라도 형운의 일에 대해서 최대한 많이 알아둘 필요가 있었다.

"그보다 지금은 이쪽이 골치 아프군."

운 장로는 책상에 놓인 두 개의 보고서를 보며 눈살을 찌푸렸다.

그 보고서 중 하나의 제목은 다음과 같았다.

'위진국 본단의 영수상회 설립.'

지속적으로 위진국 본단의 입지를 강화하며 총단과 마찰을 빚어왔던 화성 하성지가 10년 넘게 갈아왔던 칼을 빼 들었다.

영수상회는 영수들을 대상으로 하는 상업 조직이다.

물론 지금까지도 별의 수호자들은 영수들과 거래해 오고 있었다. 마곡정이나 화성 하성지, 그리고 그 제자인 오연서가 별의 수호자에 소속되어 있는 것만 봐도 알 수 있지 않은가?

별의 수호자는 영수들만이 채집 가능한, 혹은 그들의 서식지에만 나는 영약이나 약재들을 납품받고 대신 그들에게 필요로 하는 영약이나 비약을 제공해 준다.

하지만 그럼에도 그들은 별의 수호자의 주요 고객은 아니었다.

그 이유는 별의 수호자의 연단술은 기본적으로 인간을 위한 것이기 때문이다. 연단술로 만들어낸 비약은 영수 혈통을 이은 인간이라면 모를까, 영수에게는 별반 효과가 없다.

인간에게는 비약이 영약보다 훨씬 효과가 좋지만 영수에게는 그 반대였다. 영수들이 연단술로 만들어낸 약을 필요로 하는 이유는 거의 대부분 자신의 혈통을 이어받은 인간 자손이나 친분이 있는 인간을 위해서였다.

즉, 별의 수호자가 영수와 거래하는 것은 연단술 집단으로서의 일이 아니라 상단으로서의 일이라고 할 수 있다. 그런데 위진국 본단에서 이 관계를 완전히 바꿀 만한 성과를 발표했다.

"정말 멋진 착안점이야. 인정할 수밖에 없군."

위진국 본단의 연단술사들은 영수들과 긴밀한 협력 관계를 맺고 연구한 끝에 영수들을 위한 비약을 만들어내는 데 성공한 것이다.

위진국 본단의 연단술 연구와 사업은 철저하게 하운국 총단에 종속되어 있다.

이제 와서 인간을 위한 비약을 만들어내는 것으로는 도저히 하운국 총단에 인정받을 성과를 내기 어려웠다. 그래서 하성지는 자신이 위진국 영수 사회에서 명가로 인정받는 일족의 말예임을 십분 활용하여 영수를 위한 비약을 개발해 낸 것이다.

이것은 총단에서도 인정할 수밖에 없는 성과였다.

두 번째 보고서의 제목은 다음과 같았다.

'위진국 본단의 정식 장로 임명.'

하성지는 영수를 위한 비약을 만들어낸 위진국 본단의 연단술사를 정식 장로로 인정해 줄 것을 요구하고 있었다. 장로회가 승인한다면 그는 역사상 최초로 열세 번째 장로가 될 것이다.

정치적인 관점에서는 절대 허락해서는 안 되는 문제다. 하지만 문제는 별의 수호자가 철저하게 실력지상주의를 표방하고 있다는 점이다.

수십 년의 연구 끝에 연단학의 역사에 남을 성과를 거둔 연단술사에게 장로직을 줄 수 없다고 한다?

그랬다가는 어마어마한 반발이 일어날 것이다.

'설마 내 의도를 이런 식으로 찌르고 들어올 줄이야. 화성, 정말로 날카로운 칼을 준비했군.'

백운지신 발표 때, 운 장로는 운벽성 지부를 총단과 경쟁할 만한 연구 단지로 키워낼 것을 주장했고 실제로도 추진하고 있었다.

하성지는 바로 이 논리를 이용했다. 뛰어난 성과를 거둔 위진국 본단의 연단술사가 정식 장로로 취임함으로써 하운국 총단에만 편중된 조직의 불균형함을 해결하고, 위진국의 인재들에게도 희망을 줄 수 있음을 주장한 것이다.

'예나 지금이나 만만한 일이 하나도 없군. 하지만 결국 별의 수호자의 미래를 설계하는 것은 나다.'

운 장로는 그렇게 다짐하며 남은 보고서들을 검토하기 시작했다.

4

초명으로 위장한 가려는 진모에서 얼마 떨어지지 않은 마을의 객잔 숙소에 머물고 있었다.

똑똑.

새벽이 다가오는 심야에 누군가 그녀의 방문을 두드려서 인기척을 내더니 안으로 들어왔다.

인피면구를 쓰지 않고 본래의 얼굴을 드러낸 형운이었다.

"생각보다 빨리 돌아오셨군요."

"힘들었어요. 그쪽에서 붙잡아두려고 해서 후다닥 도망 나왔죠. 황보 공자 반응은 어땠어요?"

"잠시 개인적인 볼일 때문에 나갔고, 내일 아침까지 돌아올 거라고 말했더니 납득해 주었습니다."

물론 그녀는 말 못하는 초명으로 위장하고 있었기에 그 사정을 말로 설명하지는 않았고 글로 써서 건네주었다.

"시간 맞춰서 돌아올 수 있어서 다행이군요. 아, 간만에 땀 좀 흘렸어요."

형운은 가려가 맡아두고 있던 인피면구를 받아서 쓰고 다시금 권우의 모습으로 위장했다.

놀랍게도 그는 저 멀리 강주성까지 다녀오는 길이었다.

채 하루도 안 되어서 미우성에서 강주성으로 가서, 그곳에서 마인을 때려잡은 뒤 다시 돌아오다니 사실대로 말해줘도 믿기 어려운 이야기일 것이다. 하지만 형운에게는 가능한 일이었다.

운화는 설산에서 신화적인 전투를 치르면서 한층 강화되었다. 또한 진조족의 장신구에 비장된 축지 술법도 있었다. 그리고 의심의 여지 없이 강호 최강의 경지에 이른 내공으로부터 비롯된 이동력은 상식의 범주를 아득히 벗어나 있는 것이다.

그렇다고는 해도 꽤나 무리하기는 했다. 형운이 굳이 황보상단과 동행하는 중에 강주성까지 다녀온 이유는 권우와 초명의 명성이 너무 빠른 속도로 퍼져 나가고 있어서였다.

이쯤 되면 별의 수호자 정보부가 의심할지도 모른다. 귀혁이 폭풍권호로 위장했던 일이 그랬듯 언젠가는 들킬지도 모르겠지만 그 시기를 좀 늦춰두고 싶었기에 약간 무리해서 그들의 눈을 흐리기 위한 일을 한 것이다.

"사실 그냥 강주성 지부에 들러서 소식이나 전하고 올 생각이었는데 어쩌다 보니 또 그런 일을 딱 만나 버렸네요."

충마도귀를 처치한 것은 형운의 계획에 없던 돌발 상황이었다.

강주성으로 열심히 달려가다 보니 저 멀리서 소란이 느껴졌고, 조금 더 가까이 가보니 마기를 풀풀 풍기는 마인이 관병들로부터 도주하고 있었던 것이다. 형운의 이동력과 감지력이 말도 안 되게 방대하기에 조우한 사건이었다.

가려가 심드렁하게 말했다.

"이번 일이 끝나고 나면 진짜 본모습으로 좀 느긋하게 돌아다녀 보시는 게 어떻습니까?"

"한두 달 정도는 그러는 것도 좋겠네요."

선풍권룡 형운의 신분으로서는 알 수 없는 일들을 보기 위해 권우라는 위장 신분을 만들었다. 하지만 그것만이 이유는 아니었다.

'그렇게 되면 누나는 또 숨어버릴 텐데…….'

형운은 가려가 자신의 옆에서 당당하게 모습을 드러낸 채로 함께 여행하는 것이 좋았다.

진짜 얼굴이 아니라도 좋았다. 다른 사람의 시선이 있는 곳에서는 그녀의 목소리를 들을 수 없어도 좋았다.

그저 그녀가 자연스럽게 자신의 곁에서 함께 행동한다는 사실이, 그녀의 존재감이 항상 가까이 있다는 것이 좋았다.

'하지만 과욕은 금물이지.'

지금 상황은 형운 자신이 앞뒤 안 가리고 좌충우돌한 결과이니 그 욕심만을 우선할 수는 없었다.

어차피 여행 내내 권우와 초명으로 행동할 생각은 아니었으니 한동안은 인피면구를 벗고 형운으로서 돌아다녀도 좋으리라.

5

나흘 후, 황보상단은 진모에 도착했다.

황보상단의 사업체와 붙어 있는 황보 가문의 저택은 중앙 지역에 위치해 있어서, 황보 가문이 확실히 잘사는 집안임을 알려주었다.

상단이 무사히 귀환하자 형운과 가려는 황보가에서 극진한 대접을 받았나.

원래는 보수를 받고 곧바로 진모에 온 목적을 처리하기 위해 떠날 생각이었다. 하지만 황보가주가 두 사람이 진모에서 할 일에 도움을 줄 것을 약속하며 붙잡아두는 바람에 저택에서 머물게 되었다.

"하하하. 진모에도 벌써 두 협객의 소문이 자자합니다."

황보가주는 저녁 식사에 두 사람을 초대해서 접대했다.

그는 황보윤과 닮은 서글서글한 인상의 사내였다. 젊은 시절에는 무공도 열심히 연마했던 것 같지만 지금은 건강 유지를 위한 연공 정도만 하는지 몸이 그리 예리해 보이지는 않았다.

"진모에는 용무가 있어서 오셨다고 들었습니다."

"혹시 적린방(赤鱗幇)이라는 흑도 조직을 아시오?"

그 물음에 황보가주가 깜짝 놀랐다.

"두 분의 용무가 적린방과 관련된 것이었습니까?"

"유명한 조직이오?"

"긴 세월 동안 부침은 있었지만 지난 50년간 진모의 암흑가 사대천왕을 꼽으면 반드시 들어가는 명문입니다. 혹시 그들과 원한을 맺으신 겁니까?"

"아니, 원한은 아니오. 인연이 닿은 사람에게 적린방주에게 유품을 전해달라는 부탁을 받았소."

"그렇군요. 다행입니다. 두 분께서 하오의 암흑가에서 한 일에 대해서는 들었습니다만……."

황보가주의 태도가 조심스러워졌다. 자신이 하는 말이 두 사람의 심기를 거슬릴 수도 있다고 생각해서였다.

"진모 암흑가의 사대천왕을 천도회와 같은 수준으로 생각하시면 안 됩니다. 예를 들어 적린방의 빈객 중에는 십검자(十劍者), 뇌명회(雷鳴會)의 빈객 중에는 삼권서생(三拳書生)처럼 명성 높은 자들도 있고, 그들조차도 사대천왕에 속하는 조직의 간부들의 실력을 인정해 줄 정도입니다."

"흠……."

이 말에 형운은 살짝 눈살을 찌푸렸다. 불쾌해하는 기색은 아니고 고민하는 기색이었지만…….

'그게 누구야?'

사실은 삼권서생과 십검자가 들어본 적도 없는 자들이라 그런 표정을 지었을 뿐이다.

그런 형운의 속내를 파악한 가려가 전음으로 알려주었다.

—그 둘이라면 확실히 제법 이름이 알려진 자들이기는 합니다. 제가 봤던 자료에서 십검자는 다른 지역에서 활동하는 것으로 알려져 있었는데 그새 이곳으로 옮겨 온 모양이군요.

—삼권서생은요?

—십검자는 흑도에서 제법 날리는 정도지만, 3년 전에 본 자료로는 삼권서생은 확실히 고수였습니다. 정보부가 무학원에 분석을 의뢰한 결과, 위진국의 명문인 송학문 출신으로 밝혀졌고 당시 내공이 6심으로 추정되었지요.

—허어, 내공만큼은 명문의 장로급이군요. 그럼 진짜 고수라는 건데 그런 사람이 뭐하러 하운국까지 와서 암흑가에서 놀고 있대요?

—강호인다운 사정이 있었지요. 자신의 여동생을 능욕해서 자살하게 만든 권세 높은 집안의 자제를 쳐 죽여 복수하고, 관의 추적으로부터 도망쳐 왔습니다.

—흠…….

진짜 고수들이 암흑가로 숨어들어 오는 경우는 그만한 사연이 있게 마련이었다.

형운의 표정을 살피던 황보가주가 말을 이었다.

"진모의 흑도인들은 하오의 흑도인들과는 완전히 질이 다릅니다."

진모는 인구도 많고, 유동 인구도 막대하며, 따라서 거대한 이권이 역동적으로 움직인다.

이곳의 암흑가는 수많은 흑도인들이 이익을 노리고 다투는 격전지였고 그만큼 흑도 조직들의 수준이 높았다.

"진모의 흑도 조직들은 전국에서도 세 손가락 안에 들어갈 정도로 수준이 높다는 것이 상계에서는 정설로 통합니다."

—정보부의 평가도 그랬습니다.

가려가 긍정했다.

큰 이권이 존재하는 지역일수록 많은 사람이 몰리고, 무인들의 수준도 자연스럽게 높아진다. 하지만 이권이 크다고 해서 반드시 흑도 조직들이 강한 것은 아니다.

대표적인 예가 성해인데, 그곳은 별의 수호자 총단이 자리 잡고 있기에 많은 돈이 도는 편이지만 흑도 무인들의 수준이 그리 높지 않다.

이권의 특수성 때문에 돈은 많이 풀려 있어도 유동 인구는 많지 않은 편이고, 실력 있는 무인은 대부분 별의 수호자에 관련된 사업체에 들어간다. 그리고 결정적으로 성해에는 별의 수호자 무인의 가족들이 많이 살고 있기에 자칫 그들과 마찰을 빚으면 너무나 쉽게 조직이 분쇄되어 버린다.

도저히 흑도 조직이 커질 수가 없는 토양인 것이다.

그에 비해 진모의 경우는 흑도가 강성해지기에 완벽한 환경이다.

상업이 발달하고 유동 인구가 워낙 많으며, 그들 중에는 향락을 바라는 이도 많기에 암흑가의 사업이 크게 활성화될 수 밖에 없다.

"물론 두 분의 실력이 이곳 진모에서도 통용될 정도로 뛰어나다고 생각합니다만 그래도 조직과 척을 지는 문제는 신중하시는 편이 좋습니다."

아무래도 아들을 구해준 두 사람에게 이 조언을 해주고 싶었던 모양이다.

황보가는 진모에서 5대에 걸쳐 사업을 해왔기에 관과도 좋은 관계를 맺고 있었고 흑도의 사정에도 밝았다. 황보가주는 형운과 가려에게 자신이 아는 진모 암흑가의 정보를 아낌없이 알려주었다.

"그리고 적린방과 접선하시는 것은 조금 뒤로 미루시는 게 좋을 것 같습니다."

"어째서입니까?"

"시기가 좋지 않습니다. 최근에 암흑가에서 시체가 여럿 나왔다더군요."

성 밖에서 사람이 죽는 것이야 큰일이 아니다. 하지만 성내에서 죽으면 큰일이 된다.

"그리고 거대 조직들이 관에 뇌물을 바쳤다는 정황이 포착되었습니다. 듣기로는 아마 가까운 시일 내로 큰 항쟁이 일어날 것 같다더군요."

흑도의 항쟁이 작은 규모로 일어날 때는 관에서도 모른 척할 수가 있다. 하지만 항쟁이 커져서 많은 피가 흐르게 되면 그러기가 어려워지는 것이다. 그래서 흑도 조직들은 큰 항쟁을 벌이게 될 것을 예감하면 관에 대량의 뇌물을 주면서 무대를 준비하게 마련이었다.

"그전부터 분위기가 좋지 않았는데 최근에 외부인 하나가 크게 분탕질을 치면서 불이 붙은 것 같습니다. 정파의 협객으로 이름난 사람이니 뭔가 사정이 있었으리라 추정합니다만."

"정파의 협객? 어떤 사람이오?"

다음 순간 황보가주의 입에서 나온 이름은 형운과 가려를 놀라게 했다.

"풍검문의 풍랑검객(風浪劍客) 왕춘입니다."

6

암흑가는 특정한 거리를 지칭하는 말이 아니다.

그것은 도시의 이면, 흑도인들이 지배하는 영역을 의미한다. 그렇기에 암흑가는 어디에나 있었다.

그런 암흑가의 영역을 눈에 띄는 모습을 한 두 청년이 걷고 있었다.

오래되고 지저분한 객잔으로 들어선 두 사람은 시선을 한눈에 모았다. 그러나 섣불리 시비를 거는 이는 없었다. 뒤에선 곱상한 청년은 몰라도 앞장선 청년은 6척 장신에 거친 분위기를 풍기고 있었기 때문이다.

두 사람은 거침없이 객잔 안쪽으로 들어섰다. 그리고 가장 깊숙한 곳에 위치한 조그마한 방에 앉아서 옆에 쌓인 책을 읽는 중년인의 앞에 털썩 주저앉으며 말했다.

"정보를 사고 싶다."

"환영하네, 쌍비룡 권우."

중년인이 빙긋 웃으며 말했다.

하지만 권우는 심드렁한 표정이었다.

"그렇게 뭐 있는 척하면서 말한다고 해도 웃돈을 얹어줄 생각은 없다."

그 말에 중년인, 흑도의 정보 상인은 당혹감을 드러냈다. 기선 제압을 위해 습관적으로 허세를 부렸는데 돌아온 것은 퍽 한심해하는 권우의 시선뿐이었다.

"우리가 진모에 들어왔다는 소문이 파다한 모양이군. 하긴 황보가로 가는 동안 의미심장하게 보는 놈들이 많았지. 우리가 딱히 행보를 숨긴 적이 없으니 개나 소나 다 아는 정보로 잘난 척하지 마라. 꼴불견이다."

"……."

"용건을 말하지. 풍랑검객 왕춘에 대한 정보가 필요하다."

"설마 오자마자 가장 뜨거운 문제에 고개를 들이밀 생각인가?"

"가장 뜨거운 문제니까 여기서 활동하기 전에 제대로 알아둘 필요성을 느꼈다고는 생각 못 하나?"

"하긴 그렇군. 풍랑검객에 대한 정보라… 어디서부터 어디까지를 원하나?"

"그가 진모에 들어온 목적부터 시작해서 현재 위치까지, 알 수 있는 것이라면 모두 다."

"그 정도면 정보료가 꽤 비싼데 괜찮겠는가?"

"돈 걱정은 하지 마시지."

형운이 그렇게 말하며 손가락을 튕기자 은화 한 닢이 정보 상인의 손으로 날아갔다.

"배짱만큼이나 주머니도 두둑한 모양이군."

정보 상인은 희희낙락하며 형운이 원하는 정보를 설명하

기 시작했다.

형운이 암흑가의 정보 상인을 신뢰하지 않고 다른 구역의 정보 상인 두 명을 만나서 똑같은 정보를 사들이는 것으로 교차 검증까지 끝마쳤다는 사실을 모르는 채.

7

풍랑검객 왕춘.

과거에 다령의 암흑가에서 활동하면서 흑풍검이라는 별호를 얻은 그는 5년 전쯤 진해성에서 산운방과 충돌한 것을 끝으로 낭인 생활을 마치고 제자인 비성과 함께 사문인 풍검문으로 돌아갔다.

그리고 3년 전, 선풍권룡 형운이 이끄는 척마대가 강주성 지하에 위치한 흑영신교의 비밀 연구 시설을 소탕하는 과정에 협력하여 혁혁한 공을 세움으로써 풍랑검객이라는 별호를 얻었다.

그런 그가 풍검문의 본거지인 강주성을 떠나 미우성의 진모까지 와서 암흑가에 파문을 일으킨 것은 그럴 만한 사정이 있어서였다.

그의 사형, 풍검문주의 둘째 제자 소영우가 진모에서 실종되었기 때문이다.

기나긴 고련 끝에 무공을 완성한 정파의 무인이 경험을 쌓고 사문의 이름도 알릴 목적으로 강호행에 나서는 것은 흔한 일이었다. 명문정파라면 오히려 이를 관례화하여 문도들의 강호 활동을 독려하고 있었다.

소영우는 마음이 맞는 문도들 세 명과 함께 여행을 떠났고, 진모에 도착해서 보낸 서신을 마지막으로 소식이 끊겼다.

이에 풍검문에서는 긴 시간 동안 낭인 생활을 하여 흑도의 생리에 밝은 풍랑검객 왕춘으로 하여금 그들을 찾는 임무를 부탁했다. 왕춘은 흔쾌히 그 임무를 받아서 진모로 왔고, 암흑가에서 정보를 모아 소영우 일행의 행적을 추적하기 시작했다.

하지만 탐색을 시작한 바로 다음 날, 진모 암흑가의 사대천왕 중 하나인 뇌명회에서 왕춘을 척살 대상으로 지정하고 기습을 가해오는 게 아닌가?

그들이 내세운 명분은 왕춘이 뇌명회의 간부를 암살했다는 것이었다.

물론 그것은 터무니없는 누명이었다.

'아마 뇌명회 상층부에서 치워 버리고 싶었던 간부를 처리하는 데 나를 이용한 것이겠지.'

왕춘은 그렇게 추측했다.

하지만 왜 자신을 이용했는지는 알 수 없었다. 흑풍검 시절이라면 모를까, 정파 협객으로 명성을 얻은 자신을 이런 식으로 건드린단 말인가?

'이놈들은 분명히 영우의 실종에 관계되어 있다. 뒤가 구리지 않고서야 이렇게까지 과격한 짓을 할 리가 없어.'

뇌명회는 제자인 비성만을 대동한 왕춘 정도는 쉽게 처치하고 일을 묻어버릴 수 있다고 판단했을 것이다.

전국구 흑도 격전지인 진모 암흑가의 사대천왕으로 불리는 뇌명회의 힘은 막강하다. 음지만이 아니라 양지의 사업체도 상당한 규모이기에 그들은 무력에서 강주성의 유서 깊은 명문정파인 풍검문을 능가하리라. 하물며 이곳이 그들의 본거지인 진모임을 감안하면 풍검문이 보복에 나서기는 어렵다.

하지만 그렇다고 해서 풍검문을 적으로 돌리는 일이 현명한 행동일까?

절대 그렇지 않다. 아무리 세력이 우위라고 해도 풍검문의 저력은 얕볼 수 없는 수준이다. 풍검문이 최정예를 투입하고, 인맥을 총동원한다면 뇌명회는 크나큰 출혈을 각오해야 할 것이다.

'본 문에 명분을 가져가야 한다.'

풍검문이 총력을 투입하기 위해서는 그만한 명분이 필요했고, 그것을 제공하기 위해 왕춘은 살아서 돌아가야 했다.

왕춘이 여기서 죽고 일이 묻혀 버린다면 풍검문은 이곳에서 일어난 일을 짐작조차 할 수 없을 것이다. 왕춘 말고는 혹도의 사정에 밝은 자도 없으니 단서도 없이 탐색에 나섰다가 좌절하게 되리라.

물론 이 점은 뇌명회 측도 잘 알고 있다. 그렇기에 뇌명회는 왕춘을 집에 숨어든 쥐를 사냥하듯 몰아가고 있었다.

흑도인으로 살아온 경험이 풍부한 왕춘은 어떻게든 그들의 추격을 피해 다니고 있는 중이다. 하지만 도저히 그들의 영역 밖으로 빠져나갈 수가 없었다.

"고맙소."

왕춘이 자신을 치료해 준 중년의 의원에게 인사했다.

스윽!

그리고 왕춘의 손이 전광석화처럼 움직였다. 순간 의원의 목이 살짝 베이면서 피가 튀었다.

"상처를 내서 미안하오. 나를 찾는 놈이 오면 협박당해서 어쩔 수 없이 치료했다고 하시오. 당신도 뒷배는 있을 테니 그 상처 정도면 핑계가 될 거요."

왕춘은 의원에게 돈을 쥐여주며 말했다.

순간 파랗게 질렸던 의원의 표정이 묘해졌다.

"그 몸으로 여길 나가실 생각이오?"

비성과 함께 의원에 숨어들어 왔을 때, 왕춘은 의식을 유지하고 있는 게 신기할 정도로 상태가 안 좋았다. 그런데 치료받고 나서 반나절도 안 되어서 나가겠다고 하고 있는 것이다.

"내가 계속 여기 있으면 당신에게 피해가 가오. 빨리 떠나는 편이 서로에게 좋을 것이오."

"……."

흑풍검 시절 왕춘은 조직의 추격으로부터 도망쳐 본 경험도 여러 번 있었다.

그때의 경험을 살려 부랑자들과 옷을 바꿔 입거나, 위험을 감수하고 비성에게만 무기를 모두 맡기고 흩어지거나, 거리의 아이들에게 돈을 쥐여주고 혼선을 일으키는 등… 온갖 잔재주를 동원해 가면서 여기까지 왔다.

진모는 워낙 유동 인구가 많은 지역이라 그런 방법들의 효과가 좋았다.

'쌍비당랑, 고맙게 생각하지.'

그리고 쌍비당랑이 왕춘을 잡는 공을 독점하고 싶어서 포위망에 구멍을 냈던 것도 천운으로 작용했다. 그가 그러지 않았다면 의원에게까지 오지도 못했을지도 모른다.

"사부님, 이제 어디로 갑니까?"

"이제는……."

비성에게 다음 행선지를 이야기하려던 왕춘이 움찔했다.

건물 바깥에서 빠르게 접근해 오는 무리들이 감지되었다. 흉흉한 기파를 뿜어내는 자들이 다수 섞인 무리였다.

'발각됐다!'

왕춘은 자기도 모르게 의원을 바라보았다.

의원이 움찔해서 눈길을 피했다. 그 반응만으로도 그가 뇌명회에 밀고했음을 알 수 있었다.

순간 살의가 머리끝까지 치솟았다.

'…아니, 안 된다.'

하지만 왕춘은 초인적인 인내력으로 살의를 가라앉혔다.

지금은 의원에게 화풀이를 하고 있을 때가 아니라는 냉철한 판단 때문만은 아니었다.

의원 입장에서는 당연한 행동이라고 생각했기 때문이다. 이 거리를 지배하는 뇌명회라는 절대강자의 심기를 거슬렀다가 쥐도 새도 모르게 죽는 신세가 되고 싶지 않았을 테니까.

왕춘은 급히 속삭였다.

"성아, 내가 눈길을 끄는 동안 빠져나가라."

"네?"

"뒷문도 봉쇄될 거다. 하지만 이 의원의 다락방 쪽의 창을 통해 뒤쪽 건물의 벽을 탈 수 있을 거다. 너라면 어떻게 해야 할지 알겠지."

"사부님, 저는……."

"둘이 같이 돌아갈 수는 없다. 너라도 빠져나가서 사문에 사실을 전해야 한다."

"……."

비성의 표정이 굳었다.

왕춘은 그가 반발하기 전에 빠르게 말했다.

"이 사부의 소원이다. 부디 내 죽음을 덧없게 만들지 말아다오."

왕춘은 그리 말하며 검을 뽑아 들었다. 뒤쪽에서 의원이 히이익, 하고 비명을 질렀지만 그는 눈길도 주지 않고 당당하게 정문으로 나갔다.

놀라 술렁이는 군중들 사이로 뇌명회의 무리들이 달려와 골목 양옆을 포위했다. 그들이 군중들을 몰아내는 가운데 한 남자가 왕춘 앞으로 걸어 나왔다.

"여기까지요. 우리 구역을 이만큼 휘젓고 다닌 솜씨에는 감탄을 금할 수 없지만 포기하는 게 좋을 거요."

"당신은?"

"동우라고 하오."

"쌍검혈객, 당신이 뇌명회의 빈객으로 있었나?"

낭인계에서는 제법 이름이 알려진 무인이었다.

"알아봐 주니 영광이군. 하지만 한 가지 정정하지. 난 뇌명회의 빈객이 아니라 간부요."

"그랬군."

왕춘의 표정이 어두워졌다. 쌍검혈객쯤 되는 인물을 간부로 두고 있다는 것이 뇌명회의 강력함을 실감하게 해주었다.

"순순히 따라온다면 험하게 다루진 않겠소."

"당신네 본거지로 가는 동안만이겠지."

"유감스럽게도 부정은 못 하겠군."

쌍검혈객이 차가운 얼굴로 쌍검을 뽑아 들었다. 그는 별호대로 강호에 흔치 않은 쌍검술을 구사하는 남자였다.

"그렇다면 무인으로서 예의를 다하도록 하지. 아무도 나서지 말도록. 무인의 결투다."

"예!"

뇌명회원들의 우렁찬 대답을 들으며 왕춘은 자세를 잡았다.

쌍검혈객의 속내를 다 알 수는 없다. 정말로 뼛속까지 무인이라 그런 건지 아니면 중상을 입어서 다 죽어가는 왕춘을 일대일로 꺾음으로써 조직에서 자신의 존재감을 키우려는 의도인지…….

어느 쪽이든 왕춘에게는 고마운 일이었다. 이런 몸으로 쌍검혈객을 쓰러뜨릴 수 있을지는 모르겠지만 비성이 빠져나갈 틈은 만들어줄 수 있으리라.

'성아, 뒷일을 부탁한다……!'

왕춘에게서 숨 막힐 듯한 기파가 뿜어져 나오기 시작했다.

그와 대치하던 쌍검혈객은 문득 기묘한 감각을 느꼈다.

'뭐지?'

이미 싸움은 시작되었다. 둘의 기파가 중간 지점에서 부딪

치면서 유리한 권역을 확보하기 위한 다툼을 벌이는 중이다.

그런데 문득 시야 일부가 아지랑이처럼 일그러지는 듯한 착각이 들었다.

그것은 아주 잠깐이었다. 하지만 무시할 수 없을 정도로 거슬리는 느낌이었다.

'어제 너무 힘을 많이 썼나?'

어젯밤에는 여자 셋을 데려다놓고 야심한 시각까지 질펀하게 놀았다. 몸속의 정력을 모조리 쏟아낼 기세로 쾌락을 탐했으니 그 여파가 남은 것도 당연했다.

하지만 아침에 운기조식하면서 점검해 본 바로는 집중력이 발휘되지 않을 정도로 몸이 허하지는 않았다. 그래서 중상자인 왕춘 정도는 쉽게 요리할 수 있다고 생각해서 잔뜩 분위기를 잡아가면서 일대일 상황을 만든 것인데…….

'속전속결.'

쌍검혈객은 길게 고민하지 않고 결단을 내렸다.

자신의 집중력이 떨어진 상태라면 오래 끌어봤자 좋을 것이 없다. 전력을 다해서 빠르게 끝내는 게 최선이다.

쉬쉬쉬쉬쉭!

쌍검이 날카롭게 춤췄다. 둘이 한 쌍이 된 움직임으로 상대의 감각을 위협하면서 필살의 기회를 만들어내는 것이 그의 무서움이었다.

부상으로 약해진 왕춘은 시작부터 수세에 몰렸다. 풍검문의 풍검십육형(風劍十六形)이 눈길을 홀리듯이 변화무쌍한 궤적으로 펼쳐지지만 거기에는 힘과 속도가 부족하다.

채채채챙!

그럼에도 왕춘은 쌍검혈객의 쌍검이 자신의 몸을 베는 것을 허용하지 않고 잘 버티고 있었다. 10합, 20합, 30합… 일방적으로 밀리면서도 스치는 것조차 허용하지 않는 견고한 방어를 보여주었다.

쩌엉!

그러다가 어느 순간, 왕춘이 수세를 버리고 공세로 전환했다. 쌍검이 동시에 같은 방향을 찌르는 순간을 귀신같이 포착하여 비스듬하게 앞으로 돌진, 쌍검혈객의 몸통을 베어오는 게 아닌가?

'명성만큼의 실력은 있군!'

쌍검혈객이 차갑게 웃었다.

이 공방은 그가 파놓은 함정이었다. 쌍검의 연계를 부담스러워하는 검객들에게 이런 빈틈을 보여주면 다들 똑같은 방법으로 공격해 온다.

순간 쌍검혈객의 몸이 옆으로 내던져지듯이 기울어졌다. 왕춘의 내려치기를 옆에서 잘라먹는 듯한 반격이 교차한다!

파학!

선혈이 튀었다.

"아니?!"

뇌명회원들이 경악했다.

누가 봐도 쌍검혈객이 승리하는 그림이었다. 그런데 거짓말처럼 변화한 왕춘의 검세가 쌍검혈객을 깊숙이 베어버린 게 아닌가?

"이건, 설마……!"

기울어지던 기세 그대로 땅에 쓰러진 쌍검혈객이 믿을 수 없다는 듯 물었다.

"허공, 섭, 물……?"

왕춘은 대답 대신 작게 고개를 끄덕였다.

"하하하, 이런… 내가 주제 파악을… 못 했, 군……."

쌍검혈객은 비로소 서로의 기파가 부딪칠 때 시야에 발생한 일그러짐의 정체를 알 수 있었다. 왕춘이 허공섭물로 그의 권역을 침범하면서 발생한 현상이었던 것이다.

잠시 정적이 내려앉았다.

하지만 곧 또 다른 뇌명회의 간부로 보이는 자가 외쳤다.

"뭘 멍청하니 보고 있나! 잡아! 다 죽어가는 놈이다!"

그 말에 뇌명회원들이 퍼뜩 정신을 차렸다. 그리고 잠시 눈치를 보다가 간부가 다시금 고함을 치자 일제히 달려들었다.

와아아아아아!

"멈춰!"

하지만 그 순간, 그들 사이로 한 사람이 내려서더니 사자후를 터뜨렸다.

"크……!"

그 속에 실린 힘에 주변의 물건들이 들썩거리고 뇌명회원들의 움직임이 일제히 멈춰 버렸다.

8

사자후로 장내를 압도한 인물은 거친 인상의 청년이었다. 6척 장신에 허리춤에 길이가 1척 반 정도 되는 단봉 두 개를 찬 청년이 오만한 표정으로 뇌명회 무리들을 슥 둘러본 다음 말했다.

"풍랑검객 왕춘의 신병은 이 권우가 인도받겠다."

"권우? 설마 쌍비룡 권우인가?"

"그렇다."

"일개 낭인 주제에 좀 명성을 떨쳤다고 기고만장했구나! 근본도 없는 떠돌이 주제에 감히 뇌명회의 행사를 방해할 셈이냐?"

"하!"

뇌명회 간부가 분기탱천하자 권우가 어이없다는 듯 웃었다.

"고작해야 흑도의 잡배들 주제에 뭐라도 되는 것처럼 구는구나. 진정한 고수 한 명만 뜨면 벌벌 떨면서 숨죽이느라 정신없는 것들이 감히 내 앞에서 주둥이를 나불거리느냐! 과연 이 자리에 내가 아니라 산풍검 대협이 서 있었어도 네놈들이 고개를 빳빳이 세울 수 있었을 것 같은가!"

권우가 노성을 지르자 인원이 50명도 넘는 뇌명회 무리가 압도당했다. 그의 목소리가 사자후가 되어 그들의 감각을 때렸기 때문이다.

"뭐 좋다. 원래 이 바닥의 생리는 강자존 아닌가?"

코웃음을 친 권우가 두 개의 장봉을 꺼내어 양손에 쥐며 말했다.

"꼬우면 덤벼, 잡것들아. 머릿수 말고는 믿을 게 없는 네놈들의 하찮음을 깨닫게 해주마."

"이, 이익! 젊은 놈의 방자함이 하늘을 찌르는군! 모두 쳐라!"

얼굴이 시뻘게진 뇌명회의 간부가 외치자 뇌명회원들이 다시금 달려들었다.

그리고…….

펑!

가장 앞서 달려들던 자가 권우에게 접근하기도 전에 뭔가에 맞고 하늘로 솟구쳤다.

"어?"

그 뒤쪽에 있는 자가 눈을 휘둥그레 뜨는 순간, 권우가 단봉을 허공에다 대고 스윽 그었다.

펴어어어엉!

그러자 황백색 궤적이 그어지면서 그로부터 뿜어져 나온 충격파가 그들의 전열을 강타했다.

"아아아아악!"

"이, 이건 뭐야?"

단지 단봉을 허공에다 대고 그었을 뿐인데 다섯 명이 몽둥이에 얻어맞은 것처럼 뒤로 넘어가고, 그 뒤에서 달려들던 이들과 얽혀서 우수수 쓰러진다.

게다가 일격으로 끝나지도 않았다. 양손의 단봉을 세 번 연속으로 휘두르자 거듭 기공파가 쏟아지면서 뇌명회원들을 쓰러뜨리는 게 아닌가?

"하찮은 것들!"

전열은 붕괴했지만 뇌명회원의 워낙 수가 많아서 어떻게든 권우에게 달려드는 자들이 있었다. 하지만 그들은 그저 접근할 뿐이었다.

투학! 투두두두둥!

권우가 보는 이의 망막에 잔상이 남을 정도로 빠르게 움직이면서 그들을 때려눕힌다.

감히 일격을 막거나 피해내는 자가 없었다. 한 대 얻어맞을 때마다 공깃돌처럼 날아가서 여기저기 처박힌다.

"맙소사."

뇌명회 간부가 경악했다.

그는 어릴 적부터 뇌명회에서 영재교육으로 무공을 수련해 온 인물로 초로가 된 지금은 내공이 5심에 이르고 있었다. 진기의 정순함이 떨어져서 중년의 나이부터는 몸이 쇠하기 시작했고, 기공에 비해 격투전의 자질이 떨어졌지만 그럼에도 이 암흑가에서는 단신으로 수십 명을 농락할 수 있는 초인이었다.

그런데 권우의 무위를 보니 도저히 당해낼 수 있다는 생각이 안 든다.

'무공의 격이 달라도 너무 다르다……!'

무공은 내공이 전부가 아니다. 5심의 내공을 이룬 그이기에 그 사실을 더욱 잘 알고 있었다.

권우가 하는 일은, 현상의 규모로만 보면 그도 충분히 할 수 있는 일이다. 그가 권우가 있는 자리에 서서 전력을 다한 공격을 쏟아낸다면 사방에서 피바람이 일 것이다.

그러나 권우는 사람을 공깃돌처럼 쳐 날리면서도 아무도 신체가 참혹하게 부서지거나 숨이 끊어지는 일조차 없는 비현실적인 결과를 만들어내고 있었다. 도대체 얼마나 수준이 높아야 저런 일이 가능한지 그로서는 짐작조차 못 하겠다.

'회주라면 가능할까?

그가 뇌명회 고위층과 권우의 무력을 견주어보고 있을 때, 누군가 그의 어깨에 손을 짚었다.

"뭐, 뭐냐?"

깜짝 놀란 나머지 목소리가 떨려 나왔다.

하지만 상대를 본 그는 창피함조차 느낄 수 없었다. 곱상한 얼굴의 청년, 묵권 초명이 그를 무심하게 바라보고 있었기 때문이다.

"크……!"

뇌명회 간부는 대경하여 몸을 돌리며 쌍장을 질렀다.

장심으로부터 적색 파동이 일어나 초명을 덮친다. 급하게 쏘아냈다고는 하나 일반인이 맞는다면 단번에 목숨이 날아갈 위력이었다.

"헉!"

다음 순간 벌어진 일에 뇌명회 간부는 눈이 튀어나올 듯 놀라야 했다.

초명이 옆으로 피하면서 양손을 원형으로 휘젓자 그의 기공파가 그 안으로 빨려 들어가서 소멸하는 게 아닌가?

콰직!

그리고 초명의 하단돌려차기가 그의 허벅지를 때렸다. 화끈한 통증이 느껴졌지만 그는 이를 악물고 버텨냈다. 그의 경기공은 몸을 강철처럼 튼튼하게 만들고 천근추는 일시적으로 체중을 세 배 이상 증가시키니, 대충 맨손을 휘두르는 것만으로도 사람을 죽일 수 있었다.

팍!

하지만 권격을 날리려는 순간, 미처 팔을 다 내뻗기도 전에 초명이 그의 팔꿈치를 밀어 쳐서 움직임을 봉쇄한다.

투칵!

그리고 다시금 하단돌려차기로 완전히 똑같은 지점을 쳐서 통증으로 다리 움직임을 마비시키고…….

투타타타타타!

전광석화 같은 연타로 머리부터 흉부까지를 난타당하자 간부는 정신이 하나도 없었다. 격통이 전신을 관통하는데 비명조차 지르지 못하겠다.

'와, 완전히 말렸다……!'

배후를 제압당하는 바람에 제대로 실력을 발휘하지 못하고 압도당하고 말았다. 그렇지 않았다면 이길 수는 없었을지언정 어느 정도 괜찮은 싸움을 할 수 있었을 텐데…….

물론 부질없는 후회였다.

펑!

숙여진 그의 몸통을 초명이 승룡장의 수법으로 올려쳤다. 실 끊어진 연처럼 날아간 그의 몸이 2층 건물 지붕을 부수고 처박히면서 굉음이 울려 퍼졌다.

"흠."

50명의 뇌명회원이 모조리 쓰러지기까지 얼마 걸리지도 않았다. 그들 중 일부는 도망치려고 했지만 권우는 그조차도 허락하지 않고 전원을 때려눕혔다.

장내에 싸우기는커녕 몸을 가누지도 못하는 뇌명회원들의 신음 소리만이 울리는 가운데, 권우가 왕춘을 돌아보며 포권했다.

"대협의 처지를 듣고 급히 달려왔는데 늦지 않아서 다행이오. 쌍비룡 권우라 하오."

"아… 푸, 풍검문의 왕춘이라고 하오."

왕춘은 부상의 아픔조차 잊고 멍청하니 마주 인사했다.

그러다가 퍼뜩 정신을 차리고는 더없이 정중한 표정과 자세로 말했다.

"목숨을 구해주셔서 감사하오. 이 은혜는 절대로 잊지 않겠소이다."

"협의를 아는 분이 억울하게 흑도의 승냥이들에게 물어뜯기는 것을 두고 볼 수 없었을 뿐이오."

권우가 겸양하고는 왕춘이 치료받은 의원으로 들어갔다. 의원은 구석에 웅크리고 앉아서 달달 떨다가 권우가 들어오자 비명을 질렀다.

"히이이익!"

"의도한 바는 아니나 건물을 부숴서 미안하게 되었소. 이걸로 보상이 충분하길 바라오."

권우는 금화 한 닢을 탁자 위에 놓아두고는 몸을 돌려 나가버렸다.

의원은 그 뒷모습을 멍청하니 바라보다 일어나서 금화를 집어 들었다. 그리고 그것을 바라보다 왠지 눈시울이 붉어져서 중얼거렸다.

"협객… 저런 사람이 진짜 협객인가……."

9

권우와 초명이 뇌명회와 충돌했다는 소식이 신보를 뒤흔들었다.

뇌명회 입장에서는 어떻게든 덮어두고 싶은 사건이었지만 도저히 그럴 수가 없었다. 50명이 한자리에서 박살 나버린 사건을 어떻게 덮는단 말인가?

뇌명회에서 보낸 추가 병력이 그 자리에 당도했을 때는 이미 수많은 사람들의 입을 통해 이야기가 번져 나간 후였다.

암흑가는 물론이고 그들의 움직임에 민감한 백도와 상계에서도 이 소식을 듣고 놀람을 금치 못했다.

"허허허, 정말 무서운 사람들이군."

황보가주는 한 장의 쪽지를 든 채로 허탈하게 웃었다.

—황보가주의 호의에 감사드리오. 그러나 이제부터는 우리와 얽혀 있으면 황보상단에도 피해가 가게 될 터. 부디 인사도 없이 떠나가는 무례를 용서해 주시길 바라오.

황보가에서 하룻밤 묵은 권우와 초명은 새벽에 이 쪽지를 남겨두고 자취를 감추었다.

그리고 같은 날 오후에 풍랑검객 왕춘을 구하기 위해 뇌명회와 충돌한 것이다.

그에게 두 사람의 소식을 전한 권 총관이 말했다.

"의협심이 대단한 젊은이들입니다."

"진정 의인이지. 눈이 부실 정도야. 하지만 이래서는 오래 살지 못할 텐데……."

배경 없이 날뛰는 자들의 명은 짧게 마련이다. 그것이 의협심으로부터 비롯된 행동이든 광기로부터 비롯된 행동이든 간에.

권 총관이 물었다.

"도와주고 싶으십니까?"

"솔직히 그렇네."

황보가주가 쓴웃음을 지었다.

아들의 은인이라는 점 때문만이 아니다. 아무리 그 은혜가 있다고 해도 이성적으로 생각하면 이번 일에는 끼어들지 않는 편이 좋다.

뇌명회와 척을 지는 것은 황보가에게도 위험을 감수해야 하는 일이기 때문이다. 개인의 입장이라면 몰라도 황보가를 책임진 가주의 입장에서 충동적으로 그런 위험한 길을 선택해서는 안 된다.

그럼에도 황보가주는 권우와 초명을 도와주고 싶었다.

두 사람의 행보는 너무나 눈부셨다. 누구나 동경하면서도 그렇게 살아가지 못하는 의협의 행보가 오래전, 소년 시절의 두근거림을 되살려 주고 있었다.

고민하던 황보가주가 권 총관에게 물었다.

"자네 생각은 어떤가?"

"가주님의 마음이 가는 대로 하셔도 좋을 것 같습니다."

"어째서인가?"

"두 사람은 감히 제가 그 수준을 가늠할 수 없는 고수입니다. 또한 신의가 깊고 단단한 의협심을 지녔으니 필시 은혜를 입으면 모른 척하지 않을 겁니다. 그만한 고수들에게 일을 부탁할 인맥을 얻는다면 큰 이익입니다."

"그것만으로는 부족하네."

"또한 그들은 풍랑검객 왕춘을 구해냈습니다. 이제 뇌명회는 이 일을 쉽게 덮지 못합니다. 풍검문에 소식이 전해지면 그들도 움직이겠지요. 시간은 걸리겠지만 산풍검을 비롯한 풍검문의 최정예가 들이친다면 뇌명회도 엄청난 출혈을 감수해야 할 겁니다."

산풍검은 강주성을 대표하는 일곱 명의 무인, 강주칠협 중에서도 세 손가락 안에 든다는 평가를 받는 고수였다. 권우가 뇌명회를 상대로 산풍검이 이 자리에 있었어도 그렇게 오만하게 굴 수 있냐고 일갈했던 것도 전혀 과장이 아니었던 셈이다.

"풍검문은 명문정파이면서도 사업력이 뛰어나 강주성에 큰 이권을 갖고 있습니다. 이 일로 풍검문과 좋은 인연을 맺을 수 있다면 우리 사업에도 큰 도움이 됩니다."

뇌명회가 무슨 수를 써서든 왕춘과 권우, 초명을 묻어버리려 하는 태도에는 변함이 없을 것이다.

그러나 이제까지와는 상황이 달라졌다.

권우와 초명에게 개망신을 당하고, 속사정이 퍼져 나간 이상 뇌명회는 지금까지처럼 완벽한 우위를 점한 채로 그들을 압사시킬 수 없게 되었다.

"무엇보다 치명적인 것은 그들이 비장의 수단을 쓰기 어렵게 됐다는 점이겠지요."

그들은 분명 왕춘에게 씌운 누명을 십분 활용할 생각이었을 것이다. 왕춘을 묻어버린 다음 뒷배가 되어주는 관의 고위 인사를 이용해서 공식적으로 살인범으로 만들어 버리면 풍검문도 일을 깊게 파고들기 어려웠을 터.

하지만 이제는 그러기가 어렵게 되었다.

권우와 초명의 난입으로 뇌명회가 왕춘을 노리고 있다는 정황이 만천하에 알려지고 말았다.

이렇게 되면 이후 풍검문이 진실에 접근하기가 쉬워진다. 암흑가의 뜬소문 말고는 단서가 없을 때와는 전혀 상황이 다르니까.

"물론 그럼에도 강행할 수도 있겠지요. 아직 저들이 진모에서 빠져나가지는 못했으니까요. 하지만 뇌명회주도 어리석은 사람이 아니니 그럴 가능성은 적다고 봅니다. 이제는 복수를 명분으로 삼는 데서 그치고 이후의 보복을 감당하는 게 최선이지요."

권 총관은 설명을 마치고 황보가주의 말을 기다렸다.

한참 동안 숙고하던 황보가주가 권우가 남긴 쪽지를 곱게 접어서 품에 넣으며 말했다.

"서 대인께 부탁을 드려야겠어."

제163장

적린방(赤鱗幇)

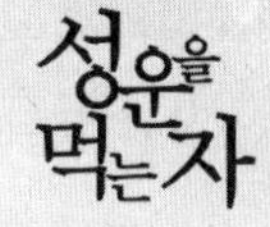

1

비성은 흑풍검 시절의 왕춘을 따라다닐 때도 그랬지만 스무 살 청년으로 자란 지금도 무뚝뚝하고 고집스러운 인상의 소유자였다.

그러나 그는 어린 시절에 왕춘을 따라서 암흑가를 전전한 경험이 풍부해서 눈치가 빠르고 사고가 유연했다. 중상을 입은 왕춘이 뇌명회의 추적을 피해 도망 다니는 데는 손발이 잘 맞는 비성의 임기응변이 크게 한몫했다.

'많이 컸군.'

형운은 그를 보며 세월의 흐름을 느꼈다.

왕춘은 3년 전에 흑영신교 비밀 연구 시설을 덮칠 때도 봤지만 비성은 5년 전쯤 진해성에서 본 게 마지막이었다. 그때는 앳된 티가 많이 나는 소년이었는데 지금은 당당한 체격의 청년으로 자란 것을 보니 세월의 흐름이 느껴졌다.

'내가 무슨 노인네 같은 생각을 하고 있담.'

강호의 무인으로서 살아온 시간은 늘 죽음을 염두에 두어야 하는 치열하고 긴장감 넘치는 삶이었다. 경험의 밀도가 높아서 그런가, 형운은 불과 몇 년 전의 일을 두고 생생함과 아득함을 동시에 느끼고는 했다.

하긴 세월의 흐름을 느끼게 하는 것은 왕춘도 마찬가지였다.

'기공의 상승 경지에 도달하다니, 그때를 생각하면 정말 어마어마한 성장이군.'

3년 전, 강주성 지하에 위치한 흑영신교의 비밀 연구 시설을 공격할 당시 왕춘의 내공은 4심에 머무르고 있었다. 하지만 이제는 5심의 경지에 오른 것은 물론이고 기맥의 튼튼함이나 진기의 정순함 등 기본적인 바탕 자체가 월등히 향상되었다.

또한 무공 경지 역시 그때에 비해 큰 발전을 이루었다. 허공섭물을 거쳐 의기상인을 엿보는 경지에 이른 것이다.

이것은 풍검문으로 돌아가 무공을 깊이 있게 수련할 환경을 얻었고, 산풍검의 지도가 뛰어난 덕분이리라. 하지만 왕춘의 재능과 의지가 비범하지 않다면 오랜 세월 정체된 채로 불혹의 나이에 들어섰던 사람이 이만한 발전을 보여줄 수는 없다.

"후우우우우……."

문득 가부좌를 틀고 앉아 있던 왕춘이 긴 숨을 토했다. 그의 몸에서 새하얀 증기가 피어올랐다.

곧 그의 눈꺼풀이 열리자 눈동자에 투명한 빛이 어른거리다가 서서히 가라앉았다. 안심할 수 있는 환경에서 운기조식(運氣調息)을 하자 고갈되었던 진기가 차오르고 몸 상태도 눈에 띄게 회복된 것을 느낄 수 있었다.

왕춘이 일어나 권우에게 인사했다.

"효과가 놀라운 약이로구려. 또다시 신세를 졌소."

권우와 초명은 왕춘과 비성을 데리고 뇌명회의 세력권에서 이탈했다. 그리고 비어 있는 창고로 숨어들어서 왕춘에게 진기 회복제를 주고 운기조식을 하게 한 것이다.

왕춘은 권우가 준 진기 회복제의 효능에 놀랐다. 진기 회복제를 먹어본 경험이야 많았지만 권우가 준 것의 10분의 1 효과를 지닌 것조차 없었던 것이다.

"별의 수호자의 약이오. 인맥이 생겨서 구입해 둔 것이 요긴하게 쓰였군."

"신세는 꼭 갚겠소이다."

"괜찮소. 나중에 풍검문에 하룻밤 신세 지러 찾아갔을 때 박대하지 않아주면 고맙겠소."

"그런데 당신들은 운기조식하지 않아도 괜찮겠소? 진기를 많이 썼을 터인데……."

권우와 초명이 보여준 무공은 실로 경탄스러웠다. 왕춘이 자기도 모르게 스승인 산풍검과 견주어봤을 정도로.

하지만 아무리 실력이 뛰어나도 내공과 체력에는 한계가 있게 마련이다. 뇌명회 무리를 쓰러뜨릴 때 어마어마한 위용을 보인 만큼 진기 소모가 컸을 터였다.

권우가 고개를 저었다.

"우린 괜찮소. 당신이 운기조식하는 동안 우리도 가볍게 운기했으니."

본격적인 운기조식이 아니라 가벼운 운기만으로 그만한 진기 소모가 회복되었단 말인가?

저들의 내공 수준을 짐작해 보면 납득이 안 가는 대답이었지만 왕춘은 더 따지고 들지 않았다.

'믿을 수 없을 정도로 정순한 진기였다.'

권우는 진기 회복제만 준 것이 아니라 왕춘에게 자신의 진기를 주입하여 회복을 도와주었다.

그것은 권우가 뇌명회와의 싸움에서 보여주었듯 양강의

기운이었지만 왕춘을 위해 어느 정도 순화 과정을 거쳤다. 그 진기를 받아들인 왕춘은 경악했다.

'이렇게까지 정순한 진기가 존재한단 말인가?'

명문정파인 풍검문의 비전 심법을 평생 동안 연마한 산풍검의 진기도 정순함에서는 이에 비할 바가 못 되었다. 이쯤 되면 반쯤 영약을 먹는 것이나 다름없는 효과가 아닐까?

왕춘은 그 진기를 자신의 기맥에 녹여내는 과정에서 그 진기의 본질을 탐구했다. 마치 음식을 맛보고 그 재료와 조리법을 알아내듯이 극한의 집중력으로 그 진기에 대해 알고자 하였다.

그는 흑풍검이던 시절부터 그런 일에 능했다. 한번 본 상대의 기파를 기억해 두었다가 가까이 다가오기만 해도 누군지를 알아내는 재주가 있었다.

그 작업을 수행하던 중 한 가지 의혹이 벼락처럼 그의 뇌리를 스치고 지나갔다.

'잠깐. 이 기운은 설마… 아니, 그럴 리가 없지. 그렇지만…….'

터무니없는 의혹이었기에 함부로 입 밖으로 낼 수 없었다. 하지만 왕춘은 그 의혹을 뇌리에서 몰아내지 못했다.

왕춘은 그런 기색을 감추며 물었다.

"혹시 앞으로 어떻게 할지에 대해 생각해 두신 바가 있소?"

"지금 진모를 빠져나가기는 어려울 것이오."

뇌명회의 눈길을 피하는 데는 성공했지만 그것도 잠시일 것이다. 진모 밖으로 나가는 동안 그들이 가만히 있을 리가 없고, 또 나간다고 하면 오히려 잘됐다는 듯 살심 가득한 추격자들을 보내올 것이다.

'아, 새삼 내가 누리던 것들의 가치를 알겠군.'

형운은 내심 쓴웃음을 지었다.

별의 수호자의 일을 할 때는 당연하게 이용할 수 있었던 것들이 절실해졌다.

첫 번째는 정보다.

흑도의 정보 상인은 그 바닥에서 생활하며 얻은 각종 지식과 입소문을 정리해서 주워섬길 뿐이라 정보의 질이 형편없었다. 세 정보 상인을 통해 교차 검증을 해보니 앞뒤 안 맞는 정보가 수두룩했다. 방대한 조직망과 체계적인 정보망을 지닌 별의 수호자의 정보를 이용하던 형운 입장에서는 절로 한숨이 나올 수밖에 없었다.

두 번째는 통신이다.

별의 수호자에서 쓰는 기환술 통신망은 이 시대에는 극히 일부만이 독점하고 있는 통신수단이다. 도시 안에서의 통신망을 지닌 조직마저 드문데 도시 간의 통신쯤 되면 흑도 조직들에게는 망상의 영역으로 들릴 것이다.

'하긴, 그런 게 없으니 이런 일을 마주할 수 있는 거지만.'

선풍권룡 형운은 지금 겪는 일이 벌어지는 곳과는 노는 물이 다른, 무인들의 세계에서는 천상에서 노니는 용과 같은 인물이 되어버렸다.

하지만 세상에는 낮은 곳으로 내려와 보지 않으면 보이지 않는 문제가 있다. 그렇기에 형운은 권우라는 신분을 만들어서 선풍권룡 형운의 신분으로는 볼 수 없는 강호의 또 다른 면을 보고자 했다.

"당신도 알겠지만 뇌명회를 적으로 돌린 이상 암흑가의 기반을 이용하기는 어려울 것이오. 돈을 줘도 협력하기는커녕 뒤통수를 치려고 들겠지."

왕춘은 자신을 뇌명회에 밀고한 의원을 떠올리며 쓴웃음을 지었다.

그나마 그가 밀고를 했을지언정 치료는 제대로 했다는 것이 위안거리가 되기는 했다. 그렇지 않았다면 쌍검혈객과 싸우다 죽었을지도 모르니까.

권우가 말했다.

"적린방의 영역으로 들어갑시다."

"으음. 지금으로서는 달리 방법이 없을 것 같지만, 그들이라고 해서 다르지 않을 거요. 물론 뇌명회도 함부로 조직원을 투입하지야 못하겠지만 행보는 고스란히 전해질 거고, 결국은 조직끼리 협상이 이루어져서……."

"적린방이 우리를 품을 이유가 없다면 그렇겠지. 하지만 애당초 우리가 진모에 온 것이 적린방에 볼일이 있어서요. 지금 상황에서는 한 번쯤 모험을 걸어볼 만하다고 생각하오."

"어떤 볼일인지 설명해 주실 수 있겠소?"

"물론이오."

권우는 품에서 물건 하나를 꺼내서 보여주며 사정을 설명했다.

그리고 왕춘은 모험을 걸어보자는 권우의 의견을 따르게 되었다.

2

적린방주 용화운은 진모 암흑가의 사대천왕 중에서는 가장 젊었다.

젊다고는 해도 어려서부터 조직의 후계자로 자라서 서른여덟 살이 되었으니 흑도인으로서의 경력은 충분하다. 하지만 아무래도 다른 사대천왕의 우두머리들에 비해 무공이 한 수 처지는 편인지라 조직을 완벽하게 장악하지 못했다.

그가 방주로 취임한 3년 전부터 적린방의 분위기는 어수선했다.

선대부터 이어진 권력을 쥔 고위 간부들은 둘로 갈라져 있었다. 스스로 방주의 자리를 탐하기보다는 적린방의 안정을 위해 젊은 적린방주에게 힘을 실어주자는 이들이 다수파이기에 망정이지 안 그랬으면 벌써 피바람이 몰아쳤으리라.

"그들이 우리 구역으로 들어왔다고?"

용화운이 눈살을 찌푸렸다.

쌍비룡 권우와 묵권 초명, 그리고 풍랑검객 왕춘의 이름은 진모 암흑가에서 모르는 자가 없었다.

권우와 초명이 진모에 들어온 지는 이틀이 지났을 뿐이다. 하지만 어제 뇌명회의 무인들을 격파한 일로 암흑가가 진동했다.

어제 일로 뇌명회 수뇌부는 격노했다. 반드시 그들을 잡아 죽이겠다고 공언하고 빈객들을 포함한 조직의 최정예들을 움직였다.

그런데 그들이 자신들의 영역으로 들어오다니, 적린방으로서는 상당히 골치 아픈 사태였다.

"뇌명회와 싸운 지점을 생각하면 범우방의 구역으로 갔어야 정상 아닌가? 왜 우리 쪽으로……."

진모 암흑가 사대천왕은 전혀 사이좋은 자들이 아니다. 그들은 한 해에 몇 번씩 이권을 두고 자잘한 항쟁을 벌였고, 직접 맞붙지 않을 때도 지분을 소유한 하부 조직을 통해서 대리

전을 벌이고는 했다.

하지만 그런 한편 그들은 서로 싸우는 일을 최대한 피하고자 한다. 대등한 상대와 치고받아 봐야 남는 게 별로 없기 때문이다.

조직 내부 분위기도 어수선한데 골칫거리가 굴러들어 오니 짜증이 치솟았다. 최근에는 뇌명회와 범우방이 대규모 항쟁을 준비하고 있어서 거기에 신경 쓰는 것만으로도 머리가 빠질 지경이거늘…….

"놈들에게 아무것도 협력해 주지 말라고 전해. 위치 확실하게 파악해 두고. 아마 뇌명회 놈들이 곧 연락을 해올 테니 그놈들이랑 이야기를 좀 해보고 결정하지."

"방주님, 문제가 있습니다."

"왜?"

눈을 치켜뜬 용화운은 이어지는 부하의 대답에 깜짝 놀랐다.

"놈들이 이곳을 향해 오고 있습니다."

3

권우와 초명, 왕춘과 비성은 적린방의 본거지인 적화루로 향했다. 진모의 중심가 서쪽에 자리한 홍등가에 있는 7층 주루로 멀리서도 눈에 띌 만큼 웅장한 건물이었다.

뒷골목을 통해 가기는 했지만 딱히 모습을 감추지 않았기에 사방에서 시선이 날아와 꽂혔다.

왕춘과 그 비성은 그 시선이 부담스러웠지만 권우와 초명은 눈썹 하나 까딱하지 않았다.

물론 겉보기로는 그랬다는 말이다.

—꼭 이러셨어야 했습니까?

가려가 전음으로 비난의 말을 던졌다.

—아니, 저기까지 모습을 감춰가면서 이리 돌고 저리 돌아서 가는 건 너무 번거롭잖아요. 시간과 기력의 낭비라고요.

—그래도 좀 더 온건한 방법이 있지 않습니까. 마차라거나.

—지금 우리한테 누가 마차를 빌려주겠어요?

—…….

형운의 말이 옳기는 했지만 가려는 사람들 시선이 칼날처럼 부담스러웠다. 당장에라도 은신하고 싶은 충동을 참느라 손끝이 미미하게 떨릴 지경이다.

'아니, 무슨 마약 금단 증상도 아니고…….'

은신 금단 증상이라니 강호에서 산전수전 다 겪은 형운도 상상조차 못 해본 증상이다!

그나마 인피면구를 쓰고 초명으로 위장하고 있어서 망정

이지 안 그랬으면 정말 충동적으로, 도저히 견딜 수가 없어서 숨어버렸을지도 모르겠다.

그렇게 길을 가고 있는데 앞쪽을 가로막는 자가 있었다.

질 좋은 적색과 흑색의 옷을 입고 단정한 외모를 지닌 중년 남자였다. 무공도 상당해서 칼날처럼 날카로운 기파를 휘감고 있었다.

"쌍비룡 권우, 묵권 초명, 그리고 풍랑검객 왕춘."

청년의 뒤로 모두가 동일한 붉은 옷을 입은 적린방원 30명이 일사불란하게 걸어와서 섰다. 마치 군대처럼 통일된 움직임은 그들이 어제 권우와 초명이 박살 낸 뇌명회의 50명보다 훨씬 강도 높게 훈련된 정예임을 알려주었다.

"적린방은 불청객을 환영하지 않소. 예의로 대할 때 조용히 우리 구역에서 물러나 주길 바라오."

뇌명회랑 척을 진 너희들이 부담스러우니 당장 꺼지라는 소리였다.

권우가 말했다.

"우린 당신들의 비호를 구걸하러 온 것이 아니오."

"그저 지나가는 길이었다면, 온 길로 돌아가서 다른 길로 가주길 바라오."

"싫소. 나는 적린방주에게 용무가 있어서 왔소."

"적린방은 당신에게 용무가 없소. 방주님도 마찬가지요."

중년의 간부가 싸늘하게 대꾸했다. 적린방주를 언급한 것에 화가 났는지 은은한 살기가 피어오르기 시작했다.

권우가 싸늘하게 웃으며 말했다.

"적린방은 부하가 멋대로 방주의 손님을 용건도 들어보지 않고 돌려보낼 정도로 질서가 없는 조직인가?"

"우리를 모욕하지 마시오. 무공에 자신이 있는 것은 알겠지만 당신은 아직 진모 암흑가의 진짜배기들을 보지 못했소."

중년 간부는 그렇게 말할 정도의 실력이 있었다. 어려서부터 적린방에서 간부 후보로 영재교육을 받아서 5심의 내공을 이루었으며, 100년 전에 멸문한 백도 명문 고성문의 무공을 익혔으니까. 누군가 그 무공을 복원하여 암시장에서 거래했고, 그것은 진짜 명문의 무공이라 할 만한 완성도를 지니고 있었다.

하지만 그의 위협에도 권우는 심드렁했다.

"방주에게 전하시오. 용화명의 유언을 전하기 위해 왔다고."

"뭐라고?"

중년 간부의 눈썹이 꿈틀거렸다.

오랫동안 적린방에서 잔뼈가 굵은 그는 권우가 말한 이름을 알고 있었다. 하지만 그 이름은…….

"만약 그조차 못 해주겠다면 이쪽도 의인(義人)에 대한 신의를 지키기 위해 힘을 쓸 수밖에 없군."

"……."

한참 동안 권우를 노려보던 중년 간부는 결국 한발 물러나고 말았다.

"기다리시오. 방주님께 전하겠소."

4

용화명.

그것은 적린방에서는 금기시된 이름이었다.

선대 적린방주 용선우는 잔혹한 남자였다. 누구하고도 혼인하지 않았지만 닥치는 대로 여색을 탐하여 수많은 사생아를 낳았고 그들로 하여금 방주 자리를 두고 끊임없이 경쟁하게 하였다.

현 적린방주인 용화운이 권좌에 오르기까지의 과정은 피로 점철되어 있었다.

권좌를 노리던 형제들을 모조리 숙청하고, 그렇지 않은 자들도 전부 진모에서 추방해 버리는 과정을 거쳤다.

하지만 그것은 결코 승자의 역사가 아니었다.

'형님…….'

용화운은 승자라서 적린방주의 자리를 차지한 것이 아니다.

패배했음에도 승자의 용서를 받아서 이 자리를 차지했다.

그리고 그에게 적화방주의 자리를 준 승자는 용화운과 같은 어머니에게서 태어난 형 용화명이었다.

용화명은 어려서부터 탁월한 무재를 자랑했던 인물이었다. 형제들 중에는 감히 그와 무공 성취를 비교할 만한 이가 없을 정도였다.

그러나 그는 흑도에는 어울리지 않는 인물이었다.

어린 시절부터 적린방주가 되기 위한 영재교육을 받으며 자라나 골육상쟁을 강요받았음에도 그는 최대한 싸움을 피하며 살고자 했다. 권력에 욕심을 드러내지 않고, 형제들과 감정 상하는 일을 피해 다녔다.

문제는 그가 승냥이 무리 속에서 살고 있었다는 것이다. 그 속에서는 승냥이답게 살아가지 않는다면 물어뜯을 표적이 될 뿐이었다.

용화명은 형제가 내민 차에 들어 있던 독을 마시고 죽을 고비를 넘기고, 조직의 권력을 쥔 형제의 뜻에 따라 죽을 자리로 보내지는 일을 몇 번이나 당했다.

그럼에도 그는 살아남았다.

모두가 용화명을 죽이려고 했지만 그는 끈질기게 살아남

았고, 인과가 명명백백하게 드러나지 않는 한 보복조차 하지 않았다. 눈 가리고 아웅할지언정 형제의 피를 보고 싶어 하지 않았던 것이다.

세상은 이런 사람을 가리켜 선인이라 부를지도 모르겠지만…….

'정말 답 없는 호구 새끼였지.'

흑도에서는 그렇게 불린다.

하지만 용화운은 그 덕분에 적린방주의 자리에 오를 수 있었다.

용화운은 용화명과 달리 흑도인으로 살아가기에 어울리는 독심(毒心)의 소유자였다. 그는 용화명이 덮어두고자 하는 일들조차도 어떻게든 파헤쳐서 경쟁자를 치기 위한 명분으로 삼았다.

그럴 때마다 용화명은 슬픈 표정을 지었다.

명분상으로는 용화운이 형제의 의리로 용화명의 복수를 대신해 준 것이다. 그런데도 용화명은 기뻐하지도 감사하지도 않고 그저 뭔가를 포기한 듯 슬픈 눈으로 용화운을 바라볼 뿐이었다.

아마 그 모습이 답답하고 화가 나서였을 것이다. 어느 순간부터 용화운은 용화명이 거슬려서 참을 수가 없게 되었다.

'화운아.'

어느 순간 용화운의 경쟁자는 용화명만 남게 되었다. 배다른 형제들은 모두 경쟁에서 탈락하고 같은 어머니의 배 속에서 나온, 경쟁심 없는 형만이 최강의 경쟁자로서 그를 가로막고 있었다.

그날의 행동은 충동적인 것이었을까, 아니면 어떻게든 방주가 되고 싶다는 본심에 의한 것이었을까.

용화운은 아직도 자신이 그런 선택을 한 이유를 명확히 알 수 없었다.

분명한 것은 그의 마음속에는 아직까지도 그 선택에 대한 후회가 남아 있다는 것이다.

'한 가지만 부탁하마.'

용화운이 용화명에게 독을 먹이고 수하들의 손으로 죽이려고 했던 그날…….

'부디 아버지 같은 사람만은 되지 말거라.'

용화명은 중독된 몸이면서도 자신을 습격한 자들을 모조리 죽여 버리고, 용화운에게 쓸쓸한 미소만을 남긴 채로 진모를 떠났다.

그리고 그날 이후 7년이 지난 오늘까지 용화운은 형의 소식을 듣지 못했다.

진모 암흑가의 골칫거리로 떠오른 낭인협객이 찾아와 그 이름을 언급하기 전까지는.

5

석화루에 들어서자 사방에서 적린방원들의 눈길이 쏟아졌다.

권우와 초명, 왕춘과 비성은 당당하게 그들 사이를 가로질렀다. 왕춘과 비성은 빠르게 사방을 살폈지만 권우와 초명은 아예 신경도 안 쓰는 기색이었다.

그들을 안내하는 중년의 간부는 그 대담함에 놀랐지만…….

—저자가 십검자일까요?

—확실히 제법 실력이 있군요.

실은 굳이 여기저기 시선을 줄 것도 없이 장내에 있는 모든 존재를 파악해 버렸을 뿐이다.

차근차근 계단을 오른 그들은 꼭대기 층에 올랐다. 적화루의 7층은 통째로 방주의 영역이라 계단이 끝나는 지점 바로 앞에 벽이 세워져 있고 두 명의 경비가 서 있었다.

"방주님, 그들을 데려왔습니다."

"들어오도록."

붉은 비단으로 장식된 넓은 방의 창 쪽에 위치한 책상 앞에 적린방주 용화운이 앉아 있었다. 그는 얼굴이 가늘고 길었으며 독사처럼 날카로운 눈매의 소유자였다.

표면상으로 이 방에는 그 말고는 아무도 없다. 하지만 실은 벽 너머에 다수의 인원이 대기하고 있었다.

권우와 초명은 그 사실을 모르는 척하면서 용화운 앞에 가서 주변을 두리번거렸다.

"흠."

"왜 그러지?"

"손님 대접이 별로 안 좋군. 설마 당신 혼자 앉아서 우리를 세워둘 셈이오?"

"쌍비룡 권우가 광오하다는 소문이 사실이었군. 지금 자기가 어디에 와 있는 줄 모르겠나?"

"내 앞에 있는 적린방주가 손님을 대하는 예의를 모르는 사람이라는 것만은 알겠군."

권우와 초명이 서로 반대편을 바라보며 손을 뻗었다.

쉬이이익!

다음 순간 벌어진 일에 용화운과 중년 간부가 경악했다.

권우와 초명이 가리킨 곳에 있던 의자들이 허공을 날아오는 게 아닌가?

'허공섭물? 이렇게 쉽게?'

노골적인 무력 과시였다.

의자 네 개를 허공섭물로 가져온 권우와 초명은 거기에 앉았다. 그리고 권우가 심드렁하게 말했다.

"이제 차 정도는 내오는 게 어떻겠소?"

"……."

심기가 상한 용화운이 무섭게 노려봤지만 권우와 초명은 눈 하나 깜짝하지 않았다. 오히려 같이 온 왕춘과 비성이 놀라서 엉거주춤하게 서 있었다.

잠시 용화운의 노려보는 시선을 받던 권우가 혀를 찼다.

"의인이 유언과 유품을 전해달라고 하기에 먼 길을 왔건만, 그 동생의 인품이 참으로 실망스럽군."

그는 그렇게 말하고는 품에서 무언가를 꺼내서 용화운의 책상 위에 올려놓았다. 그것은 붉은 용의 비늘처럼 세공된 금 장식물로 어떤 숫자가 음각되어 있었다.

그것을 본 용화운이 벼락에 맞은 듯 몸을 떨었다.

그는 떨리는 손으로 금 장식물을 집어 들고 살펴보았다.

"…정말로 형님의 유언을 가져왔는가."

그것은 선대 적린방주가 자식들에게 나눠준 증표였다. 거기에 음각된 숫자는 형제들이 태어난 순번을 의미한다. 용화명은 7, 용화운은 10이었다.

권우가 말했다.

"고향을 떠나 바람과 같이, 구름과 같이 살고 싶은 대로 살았다. 하늘을 지붕 삼아 세상을 떠돌며 마음 가는 대로 살았다. 더 이상 형제의 피를 보지 않아도 되는 삶이었건만 나는 내 두 손에서 형제의 피 냄새를 씻어낼 수가 없구나. 화운아, 부디 못난 형의 삶을 기억하지 말아다오. 그저 내가 남긴 부탁을 들어준다면 나는 그것만으로도 저승에서나마 웃을 것이다."

"……."

용화운은 순간 눈앞이 아찔했다.

권우의 목소리는 책을 읽듯 담담했지만 용화운의 귓가에서는 마치 용화명이 눈앞에서 말하는 듯 그의 목소리가 생생하게 되살아났다.

그는 불현듯 지난 7년간의 삶을 돌아보았다.

자신은 과연 자신의 살의조차 용서한 용화명의 부탁을 마음에 새기고 살았던가?

그 부탁을 들어주려고 노력이라도 해보았던가?

아니었다. 그날 이후 한순간도 용화명의 말을 잊지 못했지만 그것을 삶의 지침으로 삼기에는 그의 삶이 너무 많은 위험으로 점철되어 있었다.

'변명이지.'

하지만 용화운 자신도 알고 있었다. 그것이 치졸한 변명일 뿐이라는 것을.

한순간도 용화명을 잊지 못했지만, 동시에 그 사실이 괴로워서 그를 잊기 위해 발버둥 쳤다. 용화명을 떠올릴 때마다 그날의 일이 떠올라서 가슴이 시커멓게 타들어가는 것 같았으니까.

무섭게 굳은 표정을 짓고 있는 용화운에게 권우가 물었다.

"혈영검 적화운을 알고 있소?"

알고 있었다. 3년 전쯤에 백운성을 대표하는 여덟 명의 협객, 백운팔협의 일원으로 이름을 올린 인물이었다. 성씨는 달랐지만 자신과 이름이 같다는 사실이 인상 깊었던 기억이 났다.

"그분이 당신의 형님이오."

"뭐라고?"

용화운이 놀라서 눈을 부릅떴다. 상상도 해본 적 없는 이야기였기 때문이다.

권우가 말했다.

"그분은 진정 의협이었소. 낭인이면서도 이익이 아니라 올바름을 위해 검을 들었지. 백성을 위해 일한다는 관부에서도, 정의를 추구한다는 백도 문파들도 외면한 뒷골목 여자아이의 눈물을 보고 그 언니를 구하기 위해 목숨을 걸었소."

적화운, 아니, 용화명은 아이의 말을 믿고 탐색을 거듭한 끝에 암흑가 깊숙한 곳에서 인신매매를 자행하는 조직을 찾아냈다.

그들은 백운성이 풍령국과의 접경 지역이라 치안이 혼란한 지역이 많다는 점을 적극적으로 활용, 성 밖의 산적 떼와 연계하여 인신매매 사업을 벌이고 있었다. 별다른 연고도 없는 가난한 뒷골목의 소녀는 대단히 손쉬운 먹잇감이었을 것이다.

인신매매 조직은 자신들의 뒤를 캐는 용화명을 가만 놔두지 않았다. 그에게 정보를 흘리면서 함정으로 끌어들였지만 용화명은 사투 끝에 적들을 쓰러뜨리고 소녀의 행방을 알아내는 데 성공했다.

그러나 소녀는 이미 마을 밖의 산적 떼에게 운반되어 있었다.

용화명은 관부에 자신이 알아낸 사실을 밝히고 토벌을 청원하지만 받아들여지지 않았다. 관부에서는 마을의 치안을 유지하는 것 이상의 부담을 지기 싫어했던 것이다. 그저 암흑가의 인신매매 조직을 찾아내어 박살 낸 용화명의 공을 치하하며 생색을 낼 뿐, 도움을 주려고 하지 않았다.

용화명은 탄식하며 자신의 인맥에 도움을 요청했으나 이 또한 성과를 거두지 못했다.

당장 목숨을 아끼지 않고 도와줄 자들은 그에게 도움받은 약자들인지라 도움이 되지 않았다. 인근의 백도 문파들은 위험 부담이 큰 일에 나서고 싶지 않아 했다.

용화명은 현실의 혹독함에 탄식했다.

물론 그가 7년간 쌓아온 인맥이 탄탄하니 백운성의 다른 지역에서는 도움을 줄 이들이 있을지도 모른다. 하지만 소녀가 인신매매 조직에 의해 산적 떼에게 넘어간 시점에서 느긋하게 준비를 갖출 여유는 없었다.

결국 용화명은 혈혈단신으로 소녀를 구출하기 위해 산적 떼의 본거지를 찾아 떠났고…….

"우리는 우연히 하루 차이로 그 지역에 도착하여 그 소식을 들었소."

권우와 초명이 이 소식을 듣게 된 것은 주점에서 만취해서 울고 있는 노인을 통해서였다. 노인은 용화명이 흑도의 무리에게 욕보일 뻔한 자신의 손녀를 구해주었는데, 자신은 사지로 걸어 들어가는 용화명에게 아무런 도움도 주지 못했다는 사실에 절망해서 울고 있었다.

노인을 통해 사정을 알게 된 두 사람은 서둘러서 용화명의 뒤를 쫓았다.

"…그러나 이미 모든 것이 늦어 있었지."

용화명은 실패했다.

7년간의 강호 경험이 있기에 그는 산적들의 본거지를 찾아낼 수 있었다. 산적들에게 들키지 않고 접근하여 살피는 것까지도 성공했다.

하지만 야음을 틈타 잠입하는 과정에서 들키고 말았다.

그가 미숙해서는 아니었다. 그저 그 산적 떼의 두목이 개인간 요괴였다는 것이 불운이었을 뿐.

그 요괴는 밤의 어둠을 낮처럼 훤히 꿰뚫어 볼 수 있었고 바람을 타고 흘러오는 냄새만으로도 인간 개개인을 구분할 수 있었다.

용화명은 순식간에 발각되어 사투를 치렀다. 백운팔협으로 불리는 그의 무공은 놀라워서 수십 명의 산적들을 상대로도 승산을 점칠 수 있었다.

그러나 산적들은 용화명을 힘으로만 상대하지 않았다. 산적들이 그가 구하고자 했던 소녀를 포함한 인질들을 내세우고 하나씩 죽여 나가자 용화명은 싸움을 포기하고 말았다.

"……."

이 대목에서 용화운은 허탈한 표정을 지었다.

'하나도 변하지 않았었군.'

정말로 그가 기억하고 있는 형의 성정 그대로였다. 강하지만 유약하기 짝이 없는, 제 목숨과 타인의 목숨을 같은 저울 위에 올려두고 저울질하는 어리석음을 지닌 자.

"놈들은 용 대협을 포박하고 사지의 근맥을 절단한 뒤 고문을 자행했지. 어디다 팔아넘길 생각은 아니었을 거요. 그저 유희였겠지."

개요괴 입장에서 용화명은 폭발적인 식욕을 불러일으키는 먹잇감이다. 아마 하루 이틀 정도 괴롭히다가 잡아먹을 생각이었으리라.

"우리가 할 수 있는 일은 그분의 유언을 들어주는 것뿐이었소."

"혹시 형님의 시신은 어찌 되었소?"

"우리가 수습했소. 장례는 그분께 은혜를 입은 자들이 모여서 치렀고."

용화명의 죽음이 알려지자 백운성의 많은 사람들이 슬퍼했고, 무덤에는 추모의 행렬이 끊이지 않았다. 그리고 백운성의 거리에 곳곳에서 그의 협의를 칭송하는 시와 노래가 울려 퍼졌다.

"형님이 구하고자 했던 이는… 어찌 되었소?"

"무사히 구해냈소. 그분께 은혜 입은 자들이 거취를 지원해 주기로 했지."

"……."

용화운은 한동안 말이 없었다.

그의 표정에서 오만 가지 감정이 소용돌이치고 있음을 알 수 있었기에 권우는 가만히 기다려 주다가 한마디 덧붙였다.

"그분이 그러더군. 적화운이라는 가명은 적린방과 유일한 혈육인 동생의 이름을 따서 지었다고."

용화운이 놀란 눈을 크게 떴다.

속에서 무언가 뜨거운 것이 울컥 치솟았다.

'형님, 형님……! 아아, 어쩌면 그렇게 한결같이 살았습니까!'

그는 어린 시절 어머니가 병으로 죽은 후 오랫동안 잊고 있던 사실을 떠올렸다.

자신 또한 눈물을 흘릴 수 있는 사람이라는 것을.

제164장
어둠의 이면

성운을 먹는 자

1

뇌명회가 풍랑검객 왕춘을 묻으려 한 것은 그가 실종된 풍검문도들의 행방을 탐색했기 때문이었다. 그들이 혹시 풍검문의 탐색자가 있을 것을 우려하여 감시망을 깔아두었기에 왕춘이 탐색을 시작한 첫날부터 표적이 되고 만 것이다.

당연히 뇌명회는 풍검문도들의 실종과 깊은 관계가 있었다.

이 일의 속사정을 아는 자는 소수였다. 하지만 진모 암흑가 사대천왕인 적린방은 비교적 상세하게 진실을 파악하고 있었다. 외부에서 파고들어서 도달하기에는 어렵지만 적린방은 암흑가 내부에서 정보를 장악하고 있는 자들이었으니까.

이 진실을 알게 된 것만으로도 위험을 감수하고 적린방주를 찾아온 도박은 보상받았다고 할 수 있었다.

"이런 천인공노할 놈들!"

진실을 알게 된 왕춘은 격노했다.

강호행에 나선 소영우 일행은 사문의 어른들이 신신당부한 사실을 지키지 못했다.

칼을 뽑을 때는 눈에 보이는 것만으로 판단하지 말고 속사정을 살핀 후에 신중하게 결정하라는 당부를.

강호행에 나서는 이들에게 그 말의 속뜻은 그리 고상한 것이 아니다. 과연 그 일에 끼어들고도 무사할 수 있을지 신중하게 판단하라는 의미였다.

그러나 혈기왕성한 그들은 눈앞에서 벌어지는 불의를 보고 모르는 척하지 못했다.

거리에서 수하들을 거느린 한 청년이 힘없는 아녀자를 상대로 패악을 부리는 것을 본 그들은 자세한 사정은 알아보지도 않고 뛰어들었다. 그의 수하들을 쓰러뜨리고 그도 흠씬 두들겨 패주었으나…….

이 청년의 배경은 그들이 감당할 수 있는 것이 아니었다.

진모의 권력자인 우 대인의 둘째 아들이었던 것이다.

홍청망청 유흥을 즐기며 사는 그가 친 사고가 한둘이 아니었고 뇌명회는 그 뒷수습을 해왔다. 그런 일이 누적될수록 우대인의 비호를 받는 뇌명회의 이권도 커졌고.

그런데 이런 일이 일어났으니 뇌명회가 가만히 있을 리가 없었다. 곧바로 뇌명회의 최정예가 들이닥쳐 소영우 일행을 제압했다.

이것이 뇌명회가 왕춘을 죽여 묻어버리면서까지 감추려고 했던 사건의 진상이었다.

적린방의 간부가 설명했다.

"지금 그들은 뇌명회가 운영하는 암흑 격투회장에 있습니다."

"결투 도박장인가?"

"예."

이름은 거창하지만 암흑가에서 흔히 찾아볼 수 있는 시설이었다. 대개 흑도 조직에 감당할 수 없는 빚을 진 막장 인생들이 나와서 싸우는 것을 구경하면서 승패를 갖고 도박을 하는 장소였다.

적린방이 사람을 침투시켜 알아낸 바에 따르면 소영우 일행은 네 명 다 아직 목숨이 붙어 있다고 한다.

"약으로 내공이 금제당한 채 굴려지고 있는 모양입니다. 평소에는 싸움에 내보내지 않고 며칠에 한 번씩 우 공자가 찾아갈 때마다 갖고 놀듯이 고통을 준다고 하더군요."

그 말에 왕춘이 이를 갈았다. 그가 분기탱천하여 일어났다.

"당장 가서 구해내야겠소!"

"별로 현명한 생각은 아닙니다."

간부가 그를 제지했다.

"방주께서 도와주기로 하셨으니 인내심을 갖고 기다려 주십시오. 구출을 위한 상세한 정보와 퇴로를 확보해 주실 겁니다. 한 번에 번개처럼 들이쳐서 그들을 빼내 오는 것이 최선입니다."

"하지만 그러면 뒷감당은 적린방이 해야 할 텐데?"

권우가 그를 보며 물었다. 간부가 빙긋 웃었다.

"방주께서는 이미 여러분을 위해 피를 흘릴 각오를 하셨습니다."

"뇌명회만이라면 모르겠지만 우 대인이라는 자를 감당할 수 있겠소?"

"적린방도 뒤를 봐주시는 분 정도는 있습니다. 이 정도 일이라면 어떻게든 수습이 될 겁니다."

하지만 권우가 고개를 저었다.

"마음은 고맙지만 그렇게까지 피를 보게 할 수는 없소. 암흑 격투회장의 위치를 알려주고 퇴로만 준비해 주시면 나머지는 우리가 알아서 하겠소."

"고작 이 머릿수로 말입니까? 당신들의 무공이 뛰어난 것은 알겠지만 너무 무모합니다."

"유감스럽게도 당신들이 감당할 수 있는 범위가 너무 작소."

"무슨 뜻입니까?"

도발적으로 들리는 권우의 말에 간부의 눈썹이 꿈틀거렸다.

"적린방이 수습해 줄 수 있는 일의 범위는 암흑 격투회장을 습격해서 그들을 구해내서 도주하는 것까지가 아니오?"

"그렇습니다."

"나는 그것만으로는 만족 못 하겠소."

권우의 눈이 이글이글 타올랐다.

"뇌명회를 박살 내버릴 거요. 놈들에게 세상에는 사람이 해도 되는 일과 그렇지 않은 일이 있다는 것을 알려주지."

2

뇌명회의 암흑 격투회장에는 사망자가 지속적으로 발생한다.

하지만 그것은 사투(死鬪)로 인한 사망자가 아니었다. 대부분의 결투는 맨손으로 이뤄지기에 투사들이 싸우다가 죽는 일은 드물고 보통은 그로 인한 부상으로 끙끙거리다가 죽었다.

아무리 불법적인 사업장이라고 해도 많은 이들이 들락거리며 돈을 쓰는 곳이다. 매일매일 사람이 몇 명씩이나 죽어나가면 뒷감당을 할 수가 없는 것이다.

와아아아아!

최근 이 암흑 격투회장에는 화제가 되는 인물들이 있었다.

정확한 정체가 알려지진 않았지만 백도 문파의 인물들인 것만은 분명한 네 사람이었다.

그들이 이곳에 온 지는 한 달이 넘었다. 하지만 그들은 일반 투사와 일반적인 싸움을 치르는 일이 없었다.

며칠에 한 번씩 끌려 나오지만 나올 때마다 연전(連戰)을 강요받는다. 상대는 암흑 격투회장의 최강자들과 뇌명회에서 보내온 무인들이라 언제나 흠씬 두들겨 맞고 패하는 결과로 끝났다.

이것은 아주 지저분한 방식의 처형식이었다.

몸이 망가지고, 의지가 꺾이고… 절망에 빠진 채로 죽어갈 것을 강요하고 있었다.

"크……!"

풍검문주의 제자 소영우는 가슴팍에 발차기를 맞고 비틀거리며 물러났다.

상대는 6척 장신에 전신이 우락부락한 근육으로 이루어진 거구의 사내였다. 이 암흑 격투회장에서 잔뼈가 굵은 강자로 외공이 뛰어나서 몽둥이로 때려도 타격을 받지 않는다고 한다.

"이야아아아아!"

소영우는 자신을 붙잡으려는 그의 손을 피해 달려들어서 연타를 때려 넣었다. 절규처럼 울려 퍼지는 기합성과 함께 몸통에 정타가 꽂히자 상대가 비틀거렸다.

하지만 그뿐이다. 몸에 힘을 주자 오히려 때리는 소영우의 팔이 아팠다.

빠악!

그리고 그의 통나무 같은 팔뚝이 호쾌하게 소영우의 머리를 때렸다. 때렸다기보다는 밀친 것에 가깝지만 소영우의 몸이 붕 떠서 주변을 둘러싼 철창에 부딪쳤다가 바닥에 떨어졌다.

"으, 으윽……."

소영우가 일어나지 못하고 신음했다.

"큭큭큭, 깜찍하구만. 닷새 전에도 그러다 처맞은 거 기억 안 나냐?"

상대가 그의 머리를 붙잡아서 일으켜 세웠다.

그는 이 처형식의 취지를 아주 잘 알고 있는 인물로 소영우 일행이 좀 기세를 탄다 싶으면 나와서 전의를 꺾어버리는 역할이었다. 소영우를 두들겨 패면서도 뼈를 부러뜨리는 등 결정적인 상해는 입히지 않는, 괴롭히는 기술을 갖고 있었다.

"너희들 덕분에 내 팔자도 피게 됐으니 오래오래 버텨달라고."

그는 비열하게 웃으며 소영우를 두들겨 패기 시작했다.

그가 소영우 일행을 괴롭히는 모습이 마음에 든 우 공자가 높은 보수를 주고 있었다. 몇 번만 더 하면 빚을 다 갚고 이곳에서 벗어날 수 있겠다는 희망이 생길 정도로 많은 돈이었다.

"…셋! 넷! 다섯!"

그는 천천히 수를 세어가면서 소영우를 때렸다. 소영우는 허우적거리며 그의 손에서 벗어나려고 했지만 이미 힘이 남아 있지 않았다.

"여섯! 일……."

신이 나서 소영우를 때려대던 그는 갑자기 주먹이 턱 가로막힌 것에 놀랐다. 그리고 자신의 주먹을 붙잡은 손의 뒤편을 바라보다가 흠칫했다.

소영우의 뒤쪽에서 푸른 귀기가 뿜어져 나오고 있었다.

"지껄이는 꼴을 보니 봐줄 필요는 없겠군."

살벌한 목소리가 귓가를 파고들었다. 그리고…….

콰직!

그의 팔이 수수깡처럼 부러졌다.

퍽!

허벅지의 근육이 끊어진 것 같은 격통이 몰려왔다.

"으어어억……!"

그는 비명조차 제대로 지르지 못하고 주저앉았다. 경악과 불신 가득한 눈으로 올려다보니 단 두 발로 그에게 거동 불가능한 중상을 입힌 상대는 거친 인상의 청년이었다.

"쥐꼬리만 하지만 내공도 있었군. 그럴싸한 외공에다가 봐주기도 민망한 수준의 경기공을 보태서 잘난 척하고 있었던 거였나?"

쌍비룡 권우로 위장한 형운이었다.

순간 권우가 발끝으로 근육질 사내의 몸통을 가볍게 밀어 올렸다. 분명 크나큰 체중 차가 있는데도 상대가 허공에 붕 뜬다.

투다다다다! 투학!

그리고 질풍 같은 연격이 상대의 사지의 뼈를 부러뜨리고 마무리 일격이 몸을 쳐 날렸다. 근육질 거구가 철창을 부수고 관객석까지 날아가서 처박혔다.

"히이이이익!"

"어어, 뭐, 뭐야?"

사태를 파악하지 못하던 관객들이 비명을 질러댔다.

그리고 비틀거리는 소영우를 부축한 권우가 발을 들어서 바닥을 세차게 굴렀다.

쿠우우우웅!

굉음이 울리며 땅이 뒤흔들렸다.

"모두 닥쳐."

권우가 주변을 슥 둘러보며 말했다. 크지 않은 목소리였지만 이미 장내가 쥐 죽은 듯이 조용해져 있었기에 모두의 귀에 똑똑하게 들렸다.

그리고 주변을 휘 둘러보던 권우가 한곳에 시선을 고정시켰다.

똑바로 노려보는 권우의 시선을 받은 자, 척 봐도 잘사는 집안의 도련님으로 보이는 청년이 움찔했다. 그는 호위로 보이는 자들과 함께 허둥지둥 그 자리를 빠져나갔다.

"이놈! 여기가 어디라고 행패냐!"

그때 관객들을 헤치고 한 무리의 인원들이 우르르 달려왔다. 도박장을 관리하는 흑도인들이었다.

그들은 결투장에서 난동을 부리는 자가 있다고만 들었지 구체적인 것을 듣지 못하고 달려 나왔고…….

"어디긴 어디야. 행패를 부릴 수밖에 없는 곳이지."

권우는 그들에게 진짜 난동이 무엇인지 똑똑히 보여주었다.

"고, 고수다!"

"으아아악!"

장난하듯이 훽훽 손발을 휘두르는데 그럴 때마다 인간이 달리는 마차에 치인 것처럼 허공을 날아 여기저기 처박혔다. 두 눈으로 보면서도 믿어지지 않는 광경이었다.

"흠."

실제로는 짧았지만 그들에게는 천년처럼 길게 느껴졌던 난동이 끝나고 나자 그 자리에는 태풍이 휩쓸고 간 듯한 난장판, 그리고 일어날 수도 없는 몸이 되어서 여기저기 처박혀 신음하는 흑도인들만이 남아 있었다.

"은인께서는 누구십니까?"

겨우 정신을 차린 소영우가 물었다.

"쌍비룡 권우라고 하오. 당신의 사숙과 함께 당신들을 구하러 왔소."

"왕 사숙께서……."

"말하기도 힘들 거요. 일단 이 약을 먹고 가만히 있으시오."

권우는 그에게 내상약을 먹이고는 진기를 불어넣어 주었다.

지금까지 한 번도 경험해 본 적 없는 정순한 진기가 기맥을 휘돌자 소영우는 깜짝 놀랐다.

"약으로 금제한 거라 회복하려면 시간이 걸리겠군. 일단은 말하지 말고 쉬시오."

그리고 소영우를 업은 권우는 사람들이 지켜보는 가운데 당당하게 암흑 격투회장을 나섰다.

술렁이는 군중들 속에서 한 사람이 그를 기다리고 있었다.

"와, 왕 사숙……."

그가 왕춘임을 알아본 소영우가 울먹거렸다.

눈시울이 붉어진 왕춘이 그를 와락 끌어안았다.

"살아남아 줘서 고맙다. 고마워……."

권우가 난동을 부려서 눈길을 끄는 동안 왕춘과 비성이 지하의 감금실로 침투해서 다른 세 사람을 구해내었다.

두 달 가까이 암흑 격투회장에서 괴롭힘을 당한 그들은 심신이 피폐해져 있었다. 그들이 살아남은 것은 며칠에 한 번씩, 우 공자가 방문할 때만 괴롭힘이 자행되었기 때문이다. 가학적인 처형 방식이기는 했지만 만약 우 공자가 쉽게 질리는 인물이었다면 그들은 이미 이 세상 사람이 아니었을 것이다.

왕춘이 권우를 보며 물었다.

"정말 고맙소. 하지만 정말 괜찮겠소?"

"염려 놓으시오. 생각도 못 했던 지원도 생겼으니 더 화려하게 날뛰어야겠소."

권우가 씩 웃었다.

적린방을 떠나 암흑 격투회장을 공격하기 전, 그들은 전혀 생각지도 못한 소식을 듣게 되었다.

황보가주가 적린방에 사자를 보내어 알린 소식은 다음과 같았다.

'서 대인께서 여러분을 보호해 주시기로 약조하셨습니다. 이미 뇌명회가 범우방과 큰 항쟁을 벌일 준비를 해둔 상황이라, 그들을 상대로 소동을 벌이는 것 정도는 수습이 가능할 겁니다. 대협들의 무운을 빕니다.'

서 대인은 우 대인과 필적하는 영향력을 자랑하는 권력자였다.

5대에 걸쳐 진모에서 사업을 해온 황보가는 그와 줄이 닿아 있었던 것이다.

그가 비호를 약속했다면 뇌명회를 상대로 화려하게 날뛴다고 해도 뒷일을 걱정할 필요가 없다. 민간에 심한 피해를 끼친다면 모를까, 뇌명회를 박살 내는 것 정도로는 그들의 뒷배인 우 대인이 권력으로 횡포를 부리기 어려울 것이다.

"그럼 왕 대협은 그들을 데리고 빠져나가시오. 이제부터는 피바람이 불 거요."

"그럴 수 없소. 나도 갈 거요."

"당신은 부상자요."

"사문의 원한이 걸린 일을 어찌 당신들에게만 맡겨둘 수 있겠소? 발목을 잡진 않을 테니 같이 갑시다."

권우는 잠시 그를 바라보다가 고개를 끄덕였다.

"알겠소. 너무 무리하진 마시오."

왕춘은 비성에게 말했다.

"성아, 뒷일을 부탁하마."

"부디 보중하십시오."

비성은 왕춘을 말리거나 따라가겠다고 고집부리지 않았다.

적린방이 뇌로를, 황보가가 머물 곳을 준비해 주었다지만 그들에게만 문도들을 맡겨둘 수 없었다. 누군가는 그들 곁에 있어야 했고, 다른 누군가는 왕춘이 말한 것처럼 사문의 원한을 갚는 일을 함께하여 긍지를 지켜야 했다.

3

우 대인의 아들, 우모진은 어려서부터 응석받이로 자랐다.

그는 우 대인이 두 번째로 본 아들이었지만 장남이었다. 첫 번째로 본 아들이 어린 시절 사고로 죽었기 때문이었다.

당연히 우 대인은 우모진을 애지중지하며 길렀다. 응석이란 응석은 다 받아주었고 사고를 쳐도 꾸중하지 않고 덮어주기에 급급했다.

어린 시절부터 자신이 귀하게 여겨지는 사람임을, 권력의 맛이 꿀보다도 달달함을 즐기며 산 우모진의 인성은 소년 시절부터 망가져 있었다. 가문을 등에 업고 쾌락과 자극을 추구하던 그는 평범한 유흥으로는 만족하지 못하게 되었고, 부친이 뒤를 봐주는 뇌명회를 이용해서 온갖 추악한 일들에 손을 대기에 이르렀다.

그런 패악이 늘 순조로웠던 것은 아니었다.

소영우 일행이 그를 제지하고 흠씬 두들겨 팼을 때처럼 아픈 꼴을 당하는 일도 몇 번 있었다.

하지만 그런 자들도 결국은 우모진 앞에 무릎을 꿇었다. 진모를 좌우하는 권력을 쥔 우가의 힘, 그리고 그 권력의 개가 되어 일하는 흑도인들의 힘은 모든 것을 굴복시켰다.

'때로는 패배의 아픔이 최고의 쾌락을 만들어주게 마련이지.'

그는 복수를 달성하는 순간이 너무나 좋았다.

소영우 일행을 암흑 격투회장에 던져놓고 두 달 가까이 서서히 망가지는 것을 보면서도 질리지 않았다. 자신이 쥔 권력의 힘으로 서서히 상대의 의지를 부수고 절망에 빠뜨려 죽어가는 과정을 보는 것이 너무나 즐겁고 행복했다.

하지만 지금, 그는 지금까지 경험해 보지 못한 불길함을 느끼게 되었다.

"이놈, 제법 고수로구나! 정체를 밝혀라!"

소영우 일행에게 맞은 후 그는 호위를 대폭 강화했다.

대로한 부친이 신임하던 호위자를 붙여주기도 했고, 뇌명회에서도 그가 암흑가에 올 때마다 간부들이 직접 호위하겠다고 따라붙었다. 지금이라면 소영우 일행이 시비를 걸어온다 한들 그에게 오기도 전에 비참하게 제압당하고 말 것이다.

그런데…….

"우 공자를 피신시켜!"

"공자님, 도망치셔야 합니다!"

무시무시한 귀신의 가면을 쓴 정체불명의 여자 한 명이 그 호위들을 무참하게 박살 내고 있었다.

호위들은 분명 용맹하게 싸웠다. 그러나 여자는 마치 장난이라도 치듯 그들을 툭툭 두들겨 주었는데, 그럴 때마다 팔다리가 기괴하게 꺾이고 피를 뿌리면서 날아가 버렸다.

"이년! 우리가 누군 줄 알고 행패냐! 나, 뇌명회의 파암권을 상대로 무사할 성싶으냐!"

뇌명회 간부 파암권이 포효했다. 수백 장 밖에서도 들을 수 있을 사자후였다.

—소리 질러봤자 아무도 듣지 못한다.

마치 귀곡성처럼 섬뜩한 울림이 섞인 목소리였다.

아니, 목소리가 아니다. 그들은 그것이 고도의 전음임을 깨닫고 움찔했다.

"설마……."

파암권이 사자후를 내지른 것은 누군가 들어주길 바랐기 때문이다.

하지만 뇌명회의 사업체로 가기 위한 지름길로 택한 이 뒷골목에서 그들을 습격한 귀신 가면의 여자는 그 행위를 비웃고 있었다.

"아."

파암권은 목소리에 진기를 집중시켜 뒤쪽으로 쏘아내 보았다.

'소리가 더 나아가지 못하다니! 설마 기환술사가 차음 결계(遮音結界)라도 펼쳤단 말인가?'

뇌명회 간부들 중에는 기환술사도 있었다. 그가 펼치는 차음 결계는 뇌명회가 폭력적인 용무를 은밀하게 처리할 때 유용하게 쓰이고는 했다.

그런데 지금 이곳에 차음 결계가 펼쳐져 있는 것이다.

"저 여자는 내가 막을 테니 우 공자님을 데리고 피신해! 10장(약 30미터)만 가서 소리를 지르면 바깥에도 들린다!"

파암권은 뇌명회 간부들 중에서도 무투파로 이름난 인물이었다.

간부였던 아비의 후계자로서 어려서부터 영재교육을 받아 내공은 5심에 달하며, 강호에 은밀하게 퍼져 있는 명문의 무공을 익혔기에 무인으로서 수준이 높았다. 귀신 가면의 여자가 무서운 고수이긴 하지만 충분히 버텨낼 자신이 있었다.

"파산진권의 진수를 보여주마!"

그가 주먹을 내지르자 백색 섬광이 뿜어져 나갔다. 그의 별호대로 바위조차 분쇄해 버릴 기공파였다.

그런데 순간 귀신 가면의 여자가 단도 한 자루를 빼 들더니 원을 그렸다.

쉬익……!

그러자 놀랍게도 그의 기공파가 산산이 쪼개지더니 허공으로 흩어지는 게 아닌가?

"마, 말도 안 돼!"

내공으로 받아낸 것도, 비껴낸 것도 아니고 마치 종잇장을 찢듯이 흩어버리다니?

이런 일이 가능한 자가 있다고는 상상도 해본 적이 없었다.

순간 귀신 가면 여자의 모습이 사라졌다.

'뭐야?'

모습만이 아니라 기척조차도 꺼지듯이 사라져 버렸다. 그가 놀라고 두려워서 정신없이 주변을 두리번거리는 사이…….

콰직!

정확히 그가 고개를 돌린 반대편을 귀신 가면의 여자가 유유히 걸어서 지나쳤다.

그녀는 걸어서 지나친 것으로만 보였지만 실제로는 아니었다. 그녀의 손이 문을 두드리듯 가볍게 파암권의 옆구리를 치자 그 타격점을 통해 침투경이 파고들면서 그의 갈비뼈를 박살 내고 내장을 뒤흔들었다.

'세상에 이런 고수가 있었다니… 내 평생 수련이 이렇게 허무하게…….'

파암권은 자신을 친 그녀의 모습조차 보지 못한 채로 무너져 내렸다.

그 모습을 본 모두가 깨달았다.

고작 10장이 자신들에게는 영원히 도달할 수 없는 거리라는 것을.

"으, 어어……."

우모진은 다리가 풀려 주저앉은 채로 덜덜 떨었다.

지금까지 고수라 불리는 이들을 많이 보아왔다. 그리고 파암권 정도면 진짜 고수라고 믿어 의심치 않았다.

하지만 그는 그것이 우물 안 개구리처럼 좁은 세상에서 쌓은 편견임을 깨달았다. 감히 그의 상식으로 재단할 수 없는 진정한 고수가 그에게 적의를 품고 다가오고 있었다.

"내, 내가 누구인 줄 알고 행패를 부리느냐! 나는 우, 우모진이다! 나를 건드렸다가는 무사하지 못할 것이다!"

저벅.

"지금이라도… 지금이라도 늦지 않았다! 이대로 물러간다면 다 용서하마! 나를 건드렸다가는 평생 동안 나라에 쫓기는 몸이 된다!"

저벅.

"내, 내 말이 들리지 않느냐! 멈춰! 멈추란……."

마치 귀머거리처럼 아무런 반응 없이 다가온 귀신 가면의 여자가 손을 뻗어 우모진의 얼굴을 쥐었다. 다음 순간 마치 우모진의 체중이 없어진 것처럼 그의 몸이 허공으로 들어 올려졌다.

콰직!

그리고 왼팔이 부러졌다.

"……!"

팔로부터 시작된 격통이 전신으로 퍼져 나가서, 우모진은 비명조차 지르지 못하고 몸을 펄떡거렸다.

으적!

다음 순간 오른 다리가 부러졌다.

"캬아아악……!"

팔다리가 하나씩 부러진 채 땅에 내던져진 우모진은 벌레처럼 땅을 기었다.

공포와 고통이 그를 짓누르고 있었다. 소영우 일행에게 두들겨 맞을 때와는 완전히 다르다. 부러진 팔다리를 기점으로 지속적으로 날카로운 통증이 발생해서 그의 전신 신경을 난도질하고 있었다.

너무 괴로워서 생각은커녕 숨조차 제대로 못 쉬겠다. 이런 고통이 존재했단 말인가?

귀신 가면의 여자가 그를 가만히 내려다보며 말했다.

―네 아비가 너를 지켜줄 수 있을 것 같은가?

"히익, 히이익……."

―네 가문의 권세가 나를 막을 수 있을 것 같은가?

"……."

밀려오는 공포 앞에서 우모진은 절망했다.

막을 수 없다.

이런 자는 그 누구도 막을 수 없다!

다시금 소리 없는 비명이 울려 퍼졌다. 지옥 같은 고통 속에서 우모진의 정신력이 순식간에 밑바닥까지 깎여 나갔다.

―기회를 주지. 네 죄를 토설해라. 오로지 진실만이 네 비

루한 목숨을 살릴 것이다.

그러고 나서 내밀어진 한 줄기 희망 앞에서, 우모진은 더 이상 아무런 계산도 할 수 없었다.

4

암흑 격투회장에서 소영우 일행을 구출한 권우와 왕춘은 거침없이 뇌명회의 사업체들을 공격했다.

아무 사업체나 골라잡은 것은 아니다. 적린방의 협력으로 뇌명회의 간부들이 관리하고 있는 것이 분명한 사업체들을 알아내어 표적으로 정했다.

"이놈들! 감히 이 화염노를 얕보느냐! 여기가 네놈들 뒷자리인 줄 알아라!"

뇌명회원들을 박살 내면서 난동을 부리자 간부가 나타났다.

그리고 곧바로 뛰어든 권우에게 신나게 두들겨 맞고 날아가서 건물 벽에 처박혔다.

목숨은 붙어 있었지만 아무리 봐도 무인으로서는 재기 불능으로 보이는 상태였다.

"다음으로 갑시다."

"아, 그, 그럽시다."

왕춘은 부상당한 몸이면서도 뇌명회원들 상대로 막강한 무위를 보여주고 있었다.

하지만 권우의 무위는 그가 봐도 기가 질릴 정도였다. 단순히 내공 수준만을 따지면 별 차이가 없어 보이는데 이렇게 압도적인 수준 차이가 나다니…….

'심지어 기공을 쓰지도 않고 압살해 버린다.'

왕춘이 가장 놀라고 있는 부분이 그것이었다.

권우가 기공의 상승 경지에 도달한 고수임은 분명했다. 그러나 뇌명회 간부들은 왕춘이 부상을 입지 않은 상태라고 해도 어느 정도 시간을 들여야 쓰러뜨릴 수 있는 자들이다. 그런데 순수한 격투전만으로 어린애 갖고 놀듯이 분쇄해 버리니 경악할 수밖에.

"이놈! 세상 무서운 줄 모르고 날뛰는구… 커억!"

기루를 관리하던 간부는 제대로 된 공방을 단 일합도 교환하지 못하고 팔이 부러지고, 다리가 부러지고, 갈비뼈가 와장창 나가면서 쓰러졌다.

왕춘은 권우가 싸우는 모습을 유심히 관찰하고 분석했다.

'빠르다.'

신체 능력이 소름 끼칠 정도로 높았다.

섬전 같은 속도와 힘, 그리고 마치 상대가 무슨 수를 쓰든 거기에 대한 대응책이 준비되어 있는 듯한 치밀한 대응력이 결합되자 뇌명회 간부들과 빈객들에게 제대로 실력을 발휘할 기회조차 주지 않고 압살해 버렸다.

그렇게 네 곳의 사업장을 거침없이 박살 낸 그들은 다섯 번째 사업장에서 거센 저항에 부딪쳤다.

"쌍비룡 권우! 이 정도의 고수였다니……!"

고급 도박장을 관리하던 백룡권은 뇌명회 간부 중에서도 다섯 손가락 안에 들어간다는 고수였다.

그는 앞서 박살 난 두 명의 간부와 달리 권우를 상대로도 분전했다.

권우도 그를 상대로는 격투전만으로 찍어 누르지 못했다. 백룡권은 격투전 중에 자유자재로 사용할 정도로 능숙하진 못해도 허공섭물을 다루는 고수였으며, 그의 곁에는 간부 후보로 교육받고 있는 제자들도 있었기 때문이다.

"믿을 수가 없군……."

하지만 백룡권도 결국에는 불신 가득한 눈으로 쓰러졌다. 이미 그의 제자들은 죄다 쓰러진 후였다.

왕춘이 침을 꿀꺽 삼켰다.

'허공섭물을 넘어 의기상인의 경지에 이르렀다…….'

의념만으로도 사람을 상하게 할 수 있다는 기공의 상승경지, 의기상인.

권우는 그 영역을 자유자재로 다루고 있었다. 백룡권과 그 제자들은 감각이 비틀어지고, 중요한 순간에 진기 운행이 꼬여서 연달아 치명적인 허점을 드러내고 말았다.

"왕 대협."

권우는 품에서 병 하나를 꺼내 왕춘에게 던져주었다.

"놈들이 몰려오려면 시간이 좀 걸릴 것이오. 교대로 운기해서 진기를 회복합시다."

"알겠소."

왕춘은 졸개들만을 상대했지만 부상자인 그가 다수를 압도하는 것은 많은 심력과 기력을 소모하는 일이었다. 본격적인 운기조식까지는 아니더라도 운기를 통해 진기를 회복할 필요가 있었다.

그렇게 왕춘이 운기에 들어갔을 때였다.

—범우방이 움직이기 시작했습니다.

형운에게 가려의 통신이 날아들었다. 전음이 아니라 진조족의 장신구를 이용한 통신이었다.

—정말 엉덩이가 무거운 작자로군요. 딸의 원한을 명분으로 내세우는 주제에 확실한 어부지리가 아니면 움직이지 않겠다는 건가?

형운이 속으로 코웃음을 쳤다.

범우방은 뇌명회와 대규모 항쟁을 준비하고 있었다. 그것은 뇌명회 구역과 가까운 곳에서 범우방주의 금지옥엽이 살해당한 원한 때문이었다.

물론 뇌명회는 이 건에 대해서 자신들은 전혀 관련이 없다고 밝혔지만 범우방주는 믿지 않고 전쟁을 준비했다.

—그리고 그의 추측이 맞았습니다.

—뇌명회의 짓이었다고요? 어떻게 알았어요?

—정확히는 우모진의 짓이었습니다.

우모진을 급습한 귀신 가면의 여자는 가려였다.

형운이 권우의 모습으로 암흑 격투회장에서 난동을 부렸을 때, 우모진이 뇌명회의 간부 파암권을 내세워 권우를 막게 하지 않고 곧바로 도망친 것은 형운이 의도한 바였다. 의기상인으로 그에게 도망쳐야 한다는 강박적인 공포감을 심어준 것이다.

그리고 우모진을 귀신 가면을 쓰고 정체를 감춘 가려가 제압하여 고문했다.

—그녀에게 수작을 걸었다가 멸시와 폭행을 당했다더군요. 그래서 복수했다고 합니다.

—그 작자, 아직 살아 있습니까?

—예. 살아만 있습니다.

무뚝뚝한 대답에 형운이 작게 한숨을 쉬었다. 대충 우모진이 무슨 꼴을 당했는지 짐작했기 때문이다.

가려가 물었다.

—범우방주에게 사실을 알릴까요?

—그러세요. 자기 딸의 이야기니 알 자격이 있겠죠.

—그럼 초명의 모습으로 돌아가는 건 잠시 미뤄두겠습니다.

이 일을 시작하면서, 형운은 황보가를 통해서 범우방에 한 가지 제안을 했다.

그 내용은 요약하면 다음과 같았다.

'우리가 뇌명회의 영역에서 날뛰며 사업장과 간부들을 박살 낼 테니 그 틈을 타서 들이치시오.'

대조직 간의 항쟁은 머릿수도 중요하지만 그 이상으로 고수들의 수가 얼마나 되느냐가 크게 좌우한다. 권우의 모습을 한 형운이 뇌명회의 간부들을 격파해 준다면 범우방 입장에서는 항쟁을 시작할 최적의 기회를 얻는 셈이었다.

하지만 범우방이 움직인 것은 형운이 다섯 번째 사업장을 박살 낸 후였다. 아마도 신중하게 상황을 지켜보다가 확실하게 승산이 있겠다 싶은 시점에서야 움직인 것일 터.

가려는 그 외에도 주변을 정찰하여 알아낸 사실들을 보고했다.

—적린방 역시 이번 기회를 놓치기에는 너무 아깝다고 생

각했는지 방원들을 모아서 움직이기 시작했습니다. 저는 범우방주를 만나본 후에 초명의 모습으로 뇌명회의 본거지로 가겠습니다.

—쉽게 말을 들어주겠어요?

—경청할 자세를 갖추게 하는 방법이야 많지요.

가려의 대답에 형운은 피식 웃고 말았다.

—알겠어요.

그렇게 진모의 암흑가에 10년간 없었던 대규모의 혼란이 시작되고 있었다.

5

뇌명회주는 정신이 하나도 없었다.

진모의 사대천왕으로 불리는 만큼 뇌명회의 사업장들이 차지하는 구역이 워낙 넓었기에 그들은 내부적으로 발 빠른 정보 전달 체계를 갖추고 있었다.

곳곳에 전서구를 통한 긴급 연락 체계를 갖추고, 몇몇 사업장에는 말을 배치해서 고수들의 신속한 이동이 가능하게 만들었다.

그리고 그렇기에 지금 그는 사방팔방에서 날아드는 보고에 아연해지고 있었다.

"백룡권이 쌍비룡 권우에게 패했다고 합니다!"

"범우방 놈들이 방원들을 모아서 쳐들어왔습니다! 변두리 사업장들이 한꺼번에 공격받고 있습니다!"

"적린방 놈들이 움직인 것이 확인되었습니다!"

황망해져 있던 뇌명회주는 문득 한 가지 사실을 떠올리고 물었다.

"우 공자는 어디에 있나?"

"그, 그것이… 암흑 격투회장이 습격당했을 때 빠져나가신 후로 소식이 없습니다."

"뭐라고?"

대경한 뇌명회주가 벌떡 일어났다.

"파암권이 호위하고 있지 않았나? 어째서 소식이 없지?"

"보고된 바가 없어서……."

"당장 애들 풀어서 우 공자부터 찾아!"

만약 우모진이 변을 당하기라도 한다면 뒷감당을 할 수가 없다.

안색이 변한 뇌명회주에게 부하가 조심스럽게 말했다.

"하지만 지금은 애들을 돌릴 수가 없습니다."

"쌍비룡에게 당한 사업장의 애들을 돌려! 거기 간부들만 박살 내고 빠져나갔다며!"

뇌명회주가 신경질적으로 외치고는 빠르게 생각을 정리

했다.

정신없는 상황이었지만 우두머리는 이럴 때일수록 신중해야 했다. 우선순위를 정해서 하나하나 명령을 내리지 않으면 안 된다.

그런 작업을 계속하던 뇌명회주는 어느 순간 상황이 이상하다는 것을 깨달았다.

"쌍비룡과 풍랑검객은 어찌 된 건가?"

이 혼란의 중심이라고 해도 과언이 아닐 두 사람의 행보가 보고되지 않고 있었기 때문이다.

고급 도박장에서 간부 백룡권과 그 제자들을 쓰러뜨리고는, 그곳에서 다른 간부가 데리고 온 지원 병력을 격파한 다음부터 소식이 없었다.

'멀리서 따라가면서 확실하게 위치를 파악해 두라고 지시를 내렸는데 그것조차 못 했단 말인가?'

뇌명회주가 분노할 때였다.

"회주님!"

문이 벌컥 열리면서 간부가 뛰어 들어왔다.

화가 난 뇌명회주가 버럭 소리를 질렀다.

"뭔데 절차도 안 거치고 멋대로 들어오는 거냐!"

"노, 놈들이 왔습니다!"

"뭐?"

이어지는 간부의 대답에 뇌명회주는 분노조차 잊고 멍한 표정을 지었다.

"쌍비룡과 풍랑검객이 쳐들어왔습니다!"

6

현실감이 느껴지지 않는 광경이었다.

갑자기 뇌명회 3층 창문이 박살 나면서 그곳으로 권우와 왕춘이 뛰어 들어왔다.

뇌명회원들은 전혀 예상치 못한 사태에 당황했지만, 항상 내면에 충만한 폭력성을 갖추고 있는 자들답게 곧바로 그들을 막기 위해 달려들었다.

그리고…….

"으, 으아아아……."

얼마 전에 교육을 마치고 본거지에 배치된 젊은 뇌명회원은 공포로 다리가 풀린 나머지 그 자리에 주저앉았다.

방에 있던 두 명이 권우의 전광석화 같은 공격에 맞고 쓰러졌다.

그리고 그 소란을 듣고 달려 나온 열 명이 눈 깜짝할 새에 사람 모양의 쓰레기가 되어서 가구와 장식물들을 부수면서 처박혔다.

젊은 뇌명회원은 전의를 상실했다. 권우와 왕춘이 사람으로 보이지 않았다.

'악귀, 악귀들이다……!'

주저앉은 채 허우적거리며 물러나던 그의 등이 뭔가에 부딪쳤다. 깜짝 놀란 그가 뒤를 돌아보니 거기에 야비한 미소를 짓고 있는 한 검객이 서 있었다.

"설마 이곳으로 단번에 쳐들어올 줄이야… 상상을 초월하는군."

권우는 그를 보며 고개를 갸웃했다. 그것을 질문의 의미로 받아들였는지 검객이 쿡쿡 웃으며 자신을 소개했다.

"뇌명회에 신세를 지고 있는 분영검객이라고 하지. 진짜 고수들을 만나게 되어 영광이다."

권우는 대답하지 않았다.

다음 순간, 분영검객은 권우의 모습이 갑자기 확 커졌다고 느꼈다.

몸을 굽히거나 힘을 모으는 기색조차 없이 걸어오던 자세 그대로 급가속해서 그의 앞으로 접근했기 때문이다.

"헉!"

분영검객은 자신이 자랑하는 쾌검으로 대응했다.

쩌엉!

그러나 검이 반쯤 휘둘러지기도 전에 권우가 단봉으로 검면을 쳐서 궤도를 꺾었고…….

'커억!'

그 한 수를 통해 발한 침투경이 검을 따라서 그의 기맥에 송곳처럼 꽂혔다.

그리고 그 타격을 제대로 실감할 새도 없이 권우의 단봉이 그를 후려쳐서 날려 버렸다.

"히이이이익……."

사람들이 쓰레기처럼 구겨져서 공깃돌처럼 획획 날아다니는 것만으로도 공포였는데, 난다 긴다 하는 고수마저도 똑같은 꼴을 당하자 정신줄을 놓아버리고 싶었다.

권우와 왕춘은 주저앉은 채로 딸꾹질을 하고 있는 젊은 뇌명회원을 슥 바라보고는 안으로 걸어 들어갔다.

젊은 뇌명회원의 눈길이 닿지 않는 곳에서 요란한 소음과 비명이 연달아 울려 퍼졌다.

둘은 서두르는 기색 없이 계속 나아갔다.

3층이 돌파당하고, 4층이 돌파당하고…….

"더 이상은 못 간다!"

간부들과 빈객들이 동원되었지만 그저 시간 끌기일 뿐이었다.

고수라고 불리는 자들이 덤벼도, 합공을 가해봐도 권우와 왕춘을 멈출 수가 없었다.

'이게 말이 되는가?'

5층에 내려와서 그 광경을 본 뇌명회주는 두 눈으로 보면서도 믿을 수가 없었다.

호화로운 연회장으로 만들어진 5층은 초토화되어 있었다.

일반 회원들과는 비교도 안 되는 내공을 자랑하는 간부들과 빈객들이 전력을 다한 결과였다. 검기와 기공파에 의해 탁자와 의자, 장식물들이 무참하게 부서지고 벽이 터져 나간 흔적이 보였지만…….

그럼에도 권우와 왕춘에게 상처조차 내지 못했다.

'풍랑검객은 그렇다 치고 젊은 놈이 어찌 이런… 아니, 이런 놈이 대체 왜 낭인으로 떠돌고 있는 건가?'

관군에 들어가면 실력만으로도 갈 수 있는 자리, 백부장까지는 초고속 승진 했을 것이다.

권력자를 찾아가면 극진하게 대접하며 호위로 쓰고자 할 것이고, 전국적으로 사업을 벌이는 거대 상단에 들어가도 능히 한자리를 차지할 수 있는 그런 실력이었다.

권우가 말했다.

"뇌명회주, 이제 결판을 낼 때가 왔소."

""해놓은 짓을 보니 방자하다고도 못 하겠군."

뇌명회주가 이를 갈았다. 치켜뜬 눈에서 푸른 안광이 뿜어져 나오다가 사라졌다.

흑도 조직의 우두머리 노릇을 하려면 그만한 힘을 갖춰야 하는 법. 중년의 뇌명회주는 기공의 상승경지에 도달한 고수였다.

하지만 그는 직접 나서는 대신 말했다.

"삼권서생, 부탁드리오."

"알겠소."

그러자 뇌명회주의 뒤에 있던 거구의 남자가 앞으로 나섰다. 6척 장신인 권우보다도 키가 큰 초로의 무인이었다.

"오랜만에 제대로 된 적수를 만나는 것 같군."

삼권서생은 진모의 암흑가에서도 최고의 명성을 지닌 인물이었다.

뇌명회에서는 조직의 이권이나 명예가 크게 좌우되는 중요한 자리에만 그를 써먹었고, 그럴 때마다 그는 한 번도 기대를 배반하지 않았다.

삼권서생이라는 별호는 진모 암흑가에서 활동을 시작한 후, 열 번 싸우는 동안 그의 주먹 세 번을 받아낸 자가 아무도 없었던 것과 그의 외모와 언행이 서생처럼 점잖은 것에서 비롯되었다.

그의 출신 성분은 비밀에 싸여 있다. 암흑가에서 명성을 날리는 진짜배기 고수들 중 많은 이들이 그렇듯 본래는 명문정파 출신이었다가 일신상의 사정으로 암흑가로 숨어들었으리라고 추측할 뿐이다.

물론 별의 수호자는 그의 정체를 파악하고 있지만 그것은 정보부가 다각도에서 수집한 정보를 무학원에서 철저하게 분석하고, 다시 위진국 현지의 사정을 파악하는 과정을 거쳤기 때문이었다. 진모의 암흑가에서 그의 정체를 알아내기란 거의 불가능에 가까웠다.

"유서 깊은 정파 무인이 불의를 수호하기 위해 싸울 생각인가?"

권우가 비난하듯 던진 말에 삼권서생이 움찔했다. 그냥 찔러본다고 하기에는 너무 의미심장하게 들리는 말이었기 때문이다.

"무슨 소리를 하는지 모르겠군. 나는 뇌명회의 빈객, 여기서 물러나는 것은 도리가 아니다."

"도리라… 지금 당신의 모습을 죽은 여동생이 보면 무슨 생각을 할지 궁금하구려."

"뭐라고? 어떻게 그 일을 아는 거냐!"

삼권서생의 눈이 경악으로 부릅떠졌다. 위진국을 떠나 하운국으로 온 지도 어언 10년, 그동안 누구에게도 자신의 과거를 발설한 적이 없었는데…….

권우는 그의 물음을 무시하고 자세를 잡았다.

"당신이 잊어버린 도리의 참뜻을 떠올리게 해주지."

"일단 때려눕히고 나서야 대화가 가능하겠구나."

처음 대치할 때까지만 해도 고요했던 삼권서생의 기파가 맹렬하게 끓어오르기 시작했다.

"음……!"

왕춘이 신음했다. 삼권서생이 자신이 감당할 수 없는 수준의 고수임을 알아보았기 때문이다.

'내공만이 아니다. 기공도 나보다 높은 경지에 도달해 있는 것이 분명하다.'

맹렬하게 끓어오르면서도 통제를 잃지 않고 견고한 영역을 구축하는 기파만 봐도 알 수 있었다.

"확실히… 여기 와서 본 가장 뛰어난 고수로군."

권우는 그렇게 말하며 뛰어들었다. 특유의 얼음 위를 미끄러지는 듯한 보법으로, 전혀 자세를 바꾸지 않고 갑작스럽게 삼권서생 앞까지 쇄도해서 일격을 날린다.

투학!

하지만 삼권서생은 여유롭게 뒤로 물러나며 팔로 받아냈다. 그리고 반격!

쾅!

폭음이 울리며 권기가 허공을 관통했다.

투하하하학!

권우의 쌍단봉과 삼권서생의 양 주먹이 어지럽게 교차하

며 공기가 폭발했다. 주변 공간이 진동하고 강풍이 휘몰아쳤다.

"젊은 자가 놀랍군!"

"약자들만 상대한 것치고는 감이 무뎌지지 않은 것 같군."

삼권서생의 감탄에 권우가 대꾸했다.

지금까지 들은 이야기로 미루어보건대 삼권서생은 진모의 암흑가에 자리 잡은 후로는 약자들만을 상대해 왔을 것이다. 그런데도 강자를 상대하는 감각이 무뎌지지 않았다는 것이 놀라웠다.

삼권서생이 말했다.

"여기는 누구에게든 방심하면 등을 찔리는 곳이지."

"참으로 안쓰러운 삶을 살았구려. 당신 실력은 잘 봤으니 이제 끝내겠소."

"뭐라고?"

삼권서생이 눈을 치켜뜨는 순간이었다.

권우가 다시금 미끄러지듯이 거리를 좁혀오며 오른손 단봉을 날렸다. 그것을 받아내면서 동시에 반격하려고 했지만 권우의 왼손 단봉이 더 빨랐다.

팍! 파파파파팍!

세 번째도, 네 번째도, 다섯 번째도…….

계속해서 근소하게 권우의 움직임이 삼권서생보다 빨랐다.

공방이 이루어질 때마다 미세한 속도 차가 누적되면서 삼권서생의 움직임이 점점 다급해지기 시작했다. 그는 그 와중에도 공격의 위력을 높이고 허공섭물과 의기상인으로 권우의 움직임을 흐트러뜨리려고 시도했지만…….

'이 청년은 기공의 공방이 나 이상으로 능숙하다!'

반대로 그의 기공이 흐트러지면서 허점이 발생했다.

투학!

방어를 뚫고 들어온 단봉이 삼권서생의 팔뚝 안쪽을 가격했다.

투파파파파파!

그리고 단봉이 연타로 삼권서생을 두들겨 댔다.

"크억!"

정신없이 흔들리던 삼권서생이 겨우겨우 몸을 뒤로 뺐지만 권우는 그가 태세를 바로잡을 틈을 주지 않았다.

'걸렸다!'

하지만 삼권서생도 권우가 추격해 오기를 기다리고 있었다. 그가 혼신의 힘으로 반격하는 순간이었다.

꽝!

폭음이 울리며 권우와 삼권서생의 공격이 교차했다.

"쿨럭……!"

삼권서생이 울컥 피를 토하며 주저앉았다. 권우는 마치 그가 그렇게 나올 줄 알고 있었다는 듯 여유롭게 피하면서 결정타를 날린 것이다.

무릎을 꿇은 그를 내려다보며 권우가 말했다.

"수련을 게을리하지 않은 것은 높이 평가할 만하오. 하지만 그뿐, 당신은 그 이상을 하려고 하지 않은 것 같군."

"과연… 그랬, 군……."

삼권서생은 납득했다는 듯 쓰게 웃으며 쓰러졌다.

7

뇌명회 무리가 술렁거렸다.

"삼권서생이 패하다니……!"

"저럴 수가!"

지난 10년간 삼권서생은 진모의 암흑가에서 무적의 신화를 구축하고 있었다. 그와 대등하게 싸울 수 있는 자는 사대천왕의 우두머리들뿐이라고 할 정도였는데 저렇게 압도적으로 패하다니!

뇌명회주가 신음했다.

"삼권서생을 쓰러뜨릴 줄이야……."

믿을 수가 없었다.

하지만 그는 겁먹지 않고 전의를 불태웠다.

"나까지 나서게 될 줄 몰랐군."

그는 두 자루의 단검을 뽑아 들고 자세를 잡았다. 날카로운 기파가 흘러나오기 시작했다.

"너희들은 풍랑검객을 쳐라."

"예!"

뇌명회원들이 양옆으로 갈라져서 우르르 왕춘을 향해 달려갈 때였다.

콰아앙!

폭음이 울리며 천장이 터져 나갔다.

그리고 그곳을 통해 내던져진 사람이 뇌명회원들을 강타했다.

"크아아악!"

놀랍게도 정신을 잃은 사람의 몸에 진기를 실어서 무기처럼 투척한 것이다. 그 궤도에 걸려든 뇌명회원들이 쓰러져서 나뒹굴었다.

"무슨……."

경악하는 뇌명회주의 눈에 천장의 구멍으로부터 한 사람이 내려오는 것이 보였다.

"설마 묵권?"

곱상한 얼굴의 청년, 초명이었다.

—역시 만약을 대비하고 있더군요. 서류까지 꼼꼼하게 갖춰놓고 있었습니다. 이 정도면 우모진만이 아니라 우 대인까지 끝장낼 수 있을 겁니다.

그것은 양동작전이었다.

권우와 왕춘이 3층부터 난입해서 치고 올라가는 동안, 초명은 꼭대기 층으로 난입해서 조용히 뇌명회원들을 제압하면서 방을 뒤졌다.

뇌명회는 우모진의 뒤를 닦아주면서 온갖 지저분한 일들을 처리해 왔을 것이다. 그런데 과연 그들이 그에 대한 증거를 남겨놓지 않았을까?

형운과 가려는 그럴 리가 없다고 생각했다.

뇌명회가 우 대인의 비호를 받고 있다는 것은, 반대로 우 대인이 변심해서 그들을 없애 버리고자 하면 끝장이라는 뜻이다. 그리고 뇌명회 입장에서 보면 우 대인이 그렇게 나올 가능성은 충분했다.

그렇게 생각할 수밖에 없는 이유는 우모진이다.

우모진은 인격적으로는 망나니였지만 우가의 후계자로서는 우수했다. 무공에는 재능이 없었지만 학식이 있어서 아비의 뒤를 이어 관리가 되는 데는 어려움이 없었다.

지금이야 괜찮지만 후에 우모진이 관리로 등용될 때쯤이

면 우 대인은 자식의 치부를 뇌명회가 알고 있다는 것을 꺼림칙하게 여길 것이 분명했다.

뇌명회가 우모진이 저지른 일의 뒷수습을 해준 것을, 뇌명회가 단독으로 저지른 범죄로 만들어 버리고 치워 버리면 모든 것이 깔끔해진다. 뇌명회 입장에서는 두려워할 수밖에 없는 가능성이다.

그러니 뇌명회는 당연히 그날이 올 것을 대비하여 우 대인을 막을 만한 협박거리들을 모아놨을 것이다. 형운과 가려의 예상은 완벽하게 들어맞았다.

—대충 훑어보니 거의 대부분 우모진에 대한 것이었습니다만 우 대인이 연루된 건들도 있더군요. 우모진에게는 그의 요구에 따라서 마약을 공급했고, 우 대인에게는 그가 눈여겨본 여자를 붙잡아다 헌상하고 후일 우 대인이 그녀를 내치자 다른 도시의 인신매매 조직에 팔아버린 일이 있었습니다.

—부자가 아주 나란히 개새끼군요.

형운은 속으로 한숨을 쉬었다.

가려가 말했다.

—뇌명회주와 간부 놈들은 증언을 위해 제압해 두는 편이 낫습니다.

—어차피 죽일 생각은 없었지만…….

아무리 상대가 죽어 마땅한 놈이더라도 도시 안에서는 그 목숨만큼은 귀하게 여겨줘야 한다.

그것이 형운이 무일로부터 배운, 오늘날까지도 잊지 않는 철칙이었다.

뇌명회주가 살기를 발하며 말했다.

"결국 마지막에 믿을 것은 자신뿐이지."

"그런 말을 지껄이는 걸 보니 넝마 같은 왕좌의 안락함을 즐기느라 진짜 궁지에 처해보지 못한 모양이군."

권우가 빈정거렸다.

그의 양옆에서 뇌명회의 무리가 함성을 지르며 달려든다. 권우는 그들을 보지 않았고 그들도 권우가 없는 것처럼, 아니, 그렇게 믿고 싶은 것처럼 무시했다.

그러나 권우를 피한다고 해서 그들이 겪을 일이 변하는 것은 아니다.

뒤쪽에서 호쾌한 타격음과 비명이 울려 퍼지기 시작했다.

그 혼란을 배경으로 대치한 권우와 뇌명회주의 자세는 묘하게 닮아 있었다. 권우는 쌍단봉, 뇌명회주는 쌍단검을 쓰기 때문이리라.

뇌명회주는 권우보다 약간 키가 작지만 두꺼운 근육을 가져서 몸의 면적이 더 컸다. 거리 면에서는 권우가 유리하지만 바짝 달라붙어서 치고받는 싸움이 되면 자신이 유리하다고 생각했다.

'흑도 명문의 우두머리 노릇을 하려면 그만한 힘이 있어야 한다 이건가?'

뇌명회주의 내공은 6심에 달해 있었고 기공의 상승경지에 올라 허공섭물과 의기상인을 구사할 수 있었다. 삼권서생보다는 명백히 수준이 떨어지지만 그럼에도 암흑가에서 왕 노릇 하기에는 충분하고도 남음이 있는 무력이다.

하지만 그것만이라면 뇌명회주는 승산을 보지 못했을 것이다. 그에게는 달리 믿는 구석이 있었다.

"세상이 넓다는 것을 가르쳐 주마, 쌍비룡."

"진모라는 우물에 갇힌 개구리가 세상의 넓음을 가르쳐 주겠다니, 자기가 무슨 말을 지껄이는지는 알고 있나?"

권우가 코웃음을 치는 순간, 뇌명회주가 먼저 달려들었다.

타다다다당!

쌍단봉과 쌍단검이 격렬하게 부딪쳤다.

뇌명회주는 권우의 속도를 따라붙고 있었다. 질풍처럼 휘둘러지는 쌍단봉을 모조리 방어해 내면서 날카롭게 반격한다. 그리고…….

"그 오만방자한 뇌리에 뇌명회의 위엄을 새겨주마!"

파지지지직!

그의 눈이 파르스름하게 빛나며 양손에서 시퍼런 뇌전이

일어났다.

이것이 바로 그가 삼권서생을 압도한 권우를 상대로도 승산을 본 이유였다.

그리고 또한 이 조직에 뇌명회라는 이름이 붙은 이유이기도 했다. 처음 뇌명회를 만들어낸 그의 조부는 뇌정벽력의 힘을 다루는 영수의 혈통이었으며, 그 혈통의 힘은 그의 현 뇌명회주에 이르러서도 아직 사라지지 않았던 것이다.

꽈과과광!

뇌전을 머금은 쌍단검과 격돌을 피해 물러나는 권우를 향해 뇌명회주가 강맹한 뇌광을 쏘아냈다. 공간을 통째로 집어삼키는 듯한 뇌광이었다.

"삼권서생이 어떻게 패했는지 봤을 텐데?"

하지만 순간 그의 뒤쪽에서 냉소하는 목소리가 들려왔다.

'아니?!'

경악한 뇌명회주가 뒤를 돌아보는 순간이었다.

콰직!

목소리가 들려온 곳이 아닌, 뇌명회주의 시선이 떠난 정면에서 폭발하는 뇌광을 뚫고 나온 권우의 단봉이 그의 몸통에 꽂혔다.

"커어……!"

섬뜩한 소리가 울리며 충격이 몸통을 관통했다. 자연스럽게 숙여지는 그의 머리를 권우의 단봉이 후려갈겼다.

빠악!

쓰러지는 그를 권우가 발끝으로 툭 받아낸다. 그러자 그의 몸이 반대쪽으로 튕겨나고, 그곳에서 기다리고 있던 단봉이 다시금 그를 후려갈겼다.

투타타타타타!

쌍단봉이 신나게 뇌명회주를 두들겼다.

곧 뇌명회주는 처참한 몰골이 되어 혼절해 버렸다.

"이런 기초적인 수법에 넘어가다니, 오랫동안 우두머리 자리에서 거만 떠느라 무뎌질 대로 무뎌졌군."

뇌명회주는 과연 삼권서생이 쓰러지는 것을 보고도 자신만만할 만한 인물이기는 했다. 무공 그 자체만으로 보면 삼권서생보다 조악했지만 뇌정벽력의 힘은 그 격차를 상쇄하고도 남는 강력한 무기였으니까.

하지만 형운은 처음부터 일월성신의 눈으로 그가 영수의 후예임을, 뇌정벽력의 힘을 감추고 있다는 사실을 알아차리고 있었다. 그렇기에 그의 감각을 의기상인으로 어긋나게 하면서 치명적인 함정에 빠뜨렸던 것이다.

"역시……."

그 광경을 본 왕춘은 뭐라고 말하려다가 입을 다물고 고개를 설레설레 저었다.

권우가 말했다.

"범우방이 오기 전에 빠져나갑시다."

그들은 뇌명회주와, 뇌명회의 핵심 서류 업무를 처리한 간부를 제압하여 둘러메고 그 자리를 빠져나갔다.

제165장
혼란의 종지부

성운을 먹는 자

1

진모 암흑가의 사대천왕들은 다들 최소 50년 이상의 역사를 지닌 명가들이었다.

뇌명회 역시 마찬가지다. 초대 뇌명회주가 막강한 힘으로 진모 암흑가를 태풍처럼 뒤흔들고, 그 힘에 매료된 자들을 포용하여 뇌명회라는 조직을 만들어낸 지도 오랜 시간이 흘렀다.

사대천왕의 존재감은 산처럼 굳건했다. 그들도 힘이 강성해지는 때가 있는가 하면 쇠하는 때도 있었지만, 그럼에도 그것은 그들 넷이 아닌 다른 자들이 감히 넘볼 수 없는 영역에서의 일이라는 것이 진모 암흑가의 상식이었다.

그런데 그런 상식이 산산조각 났다.

뇌명회가 하루아침에 몰락해 버린 것이다.

지난 며칠간 진모 암흑가를 떠들썩하게 했던 세 명이 거대한 태풍이 되어 뇌명회를 박살 내버렸다.

쌍비룡 권우, 묵권 초명, 그리고 풍랑검객 왕춘.

범우파와 적린방이 뒤따라 공격을 시작했다고는 하나, 사람들은 모두들 뇌명회의 중추를 부순 것이 온전히 그들의 업적임을 알고 있었다.

감히 대적할 수 없는 권위를 지닌 명가를 단 세 명이서 깨부순 그들의 위업은 흑도인들로 하여금 진짜 고수가 어떤 존재인지를 똑똑히 각인시켰다. 적어도 앞으로 수십 년 동안은 그들의 이름이 진모 암흑가의 신화가 될 것이다.

2

진모 암흑가는 발칵 뒤집어졌다.

며칠 전까지만 해도 적린회와 범우파는 뇌명회의 영역을 갈라 먹을 생각에 아주 신이 나 있었다.

뇌명회의 사업장을 두고 자잘한 항쟁이 벌어졌고, 그러는 동안 수뇌부끼리 협상을 진행했다.

그러나 좋은 시절은 아주 짧았다.

진모에서만큼은 나는 새도 떨어뜨린다는 권력자, 우 대인의 아들 우모진이 숨이 붙어 있는 것이 기적일 정도로 처참한 꼴을 당한 채로 발견되었기 때문이다. 아들의 몰골을 본 우 대인의 활화산 같은 분노가 암흑가를 향해 폭발했다.

우 대인은 기필코 범인을 찾아 죽여 버리겠다는 의지로 자신의 권한을 총동원했고, 암흑가 곳곳에서 관병들의 시비에 가까운 수사로 인해 폭력과 유혈이 끊이지 않았다.

적린방과 범우방은 뇌명회의 영역을 갈라 먹기는커녕 자신들에게 불똥이 튈까 두려워서 몸을 사려야 했다.

"무능한 놈들!"

우 대인은 격분해서 벼루를 내던졌다. 보고하러 온 부하가 벼루에 어깨를 맞고 비명을 지르며 나가떨어졌다.

"썩 꺼져 버려! 당장 달려가서 그 빌어먹을 놈을 찾아서 끌고 오란 말이다!"

부하가 도망치듯 물러나자 우 대인은 짐승처럼 울부짖으며 방 안의 물건들을 때려 부쉈다. 방 안이 엉망진창이 되고 나서야 화를 가라앉힌 그가 중얼거렸다.

"감히 우리 가문의 후계자를 건드리고도 무사할 수 있으리라고 생각하지 마라. 반드시 찾아내서 세상에서 가장 비참하게 만들어 버리겠다……!"

보물 다루듯이 애지중지하며 기른 아들이었다. 그런 아들이 완전히 폐인이 되어버렸다.

명성 높은 의원이란 의원은 모조리 데려와서 상세를 보게 했지만 다들 정상적으로 회복하는 것이 불가능하다는 소리만 하고 있었다. 우모진의 몸에는 영구적인 장애가 남을 것이고, 정신조차도 망가져 버렸다.

숨을 고르던 우 대인은 문득 스산한 바람이 목덜미를 스쳐가는 것을 느꼈다.

'뭐지?'

그가 움찔하는 순간, 그의 앞에 한 사람이 나타나 있었다.

'누구냐?'

반사적으로 그렇게 물으려 했던 그는 목소리가 나오지 않는다는 사실을 깨달았다.

마치 보이지 않는 손이 그의 목을 틀어잡고 있는 것처럼 숨이 턱 막혔다.

—네가 찾아 헤매던 사람이지.

귀곡성처럼 스산한 울림이 섞인 목소리가, 아니, 목소리가 아니라 진기로 정련된 전음이 들려왔다.

무시무시한 귀신의 가면을 쓴 정체불명의 여자가 우 대인을 보며 말했다.

—경고하러 왔다.

그녀는 천천히 우 대인 옆으로 걸어왔다.

우 대인이 식은땀을 흘렸다. 목을 붙잡힌 것처럼 숨이 막히고 목소리가 나오지 않는 것은 물론, 몸 전체가 밧줄에 묶인 것처럼 꼼짝도 할 수 없었다.

—나는 언제든 네 앞에 설 수 있다. 네가 믿는 그 무엇도 나를 찾아내지도, 사로잡지도, 가로막지도 못할 것이다.

서걱.

서늘한 절삭음이 울려 퍼졌다.

우 대인은 자신의 머리카락이 칼로 자른 것처럼 날카롭게 절단되어 떨어지는 것을 보며 새파랗게 질렸다.

—기억해 두도록.

그리고 더 이상 목소리가 들리지 않았다.

"…헉!"

우 대인은 악몽에서 깨어나듯 헛숨을 토했다. 그리고 허둥지둥 자신의 목에 손을 가져갔다.

"콜록, 콜록……!"

거울에 비춰보니 뭔가가 목을 조른 흔적이 붉게 남아 있었다. 그리고…….

후두두둑!

입고 있던 옷이 수십 조각으로 잘려서 떨어지자 우 대인은 파랗게 질려서 주저앉고 말았다.

3

우 대인의 분노가 암흑가를 뒤집어엎는 동안, 뇌명회를 박살 낸 세 사람은 황보가에서 머물며 평온한 시간을 보냈다.

미쳐 날뛰는 우 대인의 손길도 그들에게는 미치지 못했다. 우 대인과 필적하는 권력자인 서 대인이 황보가주의 요청을 받아들여 그들을 비호했으며, 우모진이 괴한에게 습격당하던 당시 셋의 행적이 너무 뚜렷했기 때문이다.

사실 뚜렷한 것은 권우와 왕춘의 행적뿐이고 초명의 행적은 그렇지 않았지만, 마지막에 같이 뇌명회의 본거지를 덮친 것 때문에 다들 셋이 같이 움직였다고 착각하고 있었다.

편안하게 쉬고 있는 이들과 달리 적린방은 불똥이 튈까 공포에 떨고 있는 것 같지만… 거기까지는 어쩔 수 없는 일이다.

왕춘과 비성은 소영우 일행이 회복될 때까지는 황보가에서 머물기로 했다. 풍검문에 연락을 보내기는 했지만 셋은 지금 먼 길 여행을 떠나기에는 너무 쇠약해져 있었다.

황보가주가 솜씨 좋은 의원을 초빙해 준 덕분에 세 사람은 순조롭게 회복하는 중이었다.

권우와 초명도 며칠 전까지의 일이 거짓말인 것처럼 평온하게 휴식을 취하고 있었다. 하지만 그저 쉬고만 있는 것은 아니었다.

"헉헉, 저도 꽤 단련했다고 생각했는데 이거 정말 힘들군요."

황보가주에게 고마움을 느낀 권우는 황보가에 머무는 동안 황보윤의 무공을 지도해 주기로 약속했다.

황보윤은 뛸 듯이 기뻐하며 의욕을 불살랐다.

권우의 지도는 진신무공을 전수하는 것은 아니고 황보윤의 부족한 점을 개선하거나 이후에도 유용하게 쓸 수 있는 훈련법을 체험 형식으로 가르쳤다.

그러나 황보가주는 이것이야말로 이후 황보가가 가전 무공을 계승하는 과정에서 큰 재산이 될 것임을 알고 황보윤에게 권우가 지도하는 것이라면 단 하나도 빠뜨림 없이 전력으로 배울 것을 지시했다. 그래서 황보윤은 요령도 피우지 못하고 매일매일 녹초가 되도록 훈련에 임하고 있었다.

오늘도 권우가 황보윤을 진이 빠질 때까지 이리 굴리고 저리 굴리고 있을 때였다.

"권 대협."

황보가주가 찾아왔다.

그는 종종 아들이 지도받는 것을 참관하러 왔기에 방문 그 자체는 이상할 게 없었다. 그러나 그가 굳이 훈련을 끊고 자신을 부른 것은 처음이기에 권우는 의아해하며 물었다.

"무슨 일입니까?"

"권 대협을 찾는 손님이 찾아왔습니다."

"손님?"

권우는 의아해했다. 진모에는 황보가와 적린방 말고는 딱히 인연을 맺은 이가 없었기 때문이다.

황보가주를 따라서 가보니 의외의 인물이 기다리고 있었다.

"만나줘서 고맙네."

뇌명회의 빈객이었던 삼권서생이었다.

권우에게 심하게 당한 지 며칠 지나지 않았기에 그의 몰골은 좋지 않았다. 하지만 분노나 두려움을 드러내지 않는 차분한 태도는 그의 무공만큼이나 심지도 굳음을 알려주었다.

"내가 찾아온 용건은 짐작하리라 믿네."

뇌명회를 박살 낸 날, 권우가 그의 과거를 언급한 것 때문에 찾아온 것이다.

그 역시 몸을 사리며 도망 다녀야 하는 신세일 텐데도 위험을 감수하며 찾아온 것은 그에게는 그 의문을 푸는 것이 그만큼 중요했기 때문이리라.

권우가 말했다.

"내게는 대단히 정보력이 뛰어난 친구가 있소."

"이곳의 누구도 내 정체를 짐작조차 하지 못했다네. 뜨내기 정보꾼들만이 아니라……."

"무슨 뜻으로 말하는지 아오. 그러나 그들은 우물 안 개구리지. 자신이 사는 우물 바닥은 누구보다 잘 알지만 바깥세상의 일은 알지 못하는. 내 친구는 아주 발이 넓은 조직에서 정보를 다루는 일을 하오."

삼권서생의 눈이 이채를 띠었다. 비로소 권우가 말하는 친구가 사업망이 전국에 걸쳐 있는 거대 조직임을 알아차린 것이다. 그런 조직은 하운국 전체를 통틀어도 한 손에 꼽을 정도밖에 없었다.

"내가 이곳으로 간다고 하니 주의해야 할 인물들에 대해서 알려주었소. 당신도 거기에 포함되어 있었지."

"그랬군……. 10년 넘게 누구도 나에 대해 알지 못한 것은, 알고 있는 자들은 굳이 나를 찾아올 이유가 없었기 때문이었던 것인가."

삼권서생이 쓴웃음을 지었다.

여동생의 원한을 갚고 10년 동안이나 있을지 없을지 모르는 추격을 피해 살아왔다. 암흑가에 몸을 감추고 삼권서생이라는 허명을 얻었지만 마음은 늘 공허했다.

이런 허무한 짓을 끝내고 자신의 무공을 의미 있게 쓰고 싶은 마음이 있었지만 늘 과거의 그림자가 발목을 붙잡아왔다.

권우가 말했다.

"내가 들은 당신의 이야기는 수박 겉핥기에 불과하겠지. 하지만 당신을 봤을 때 그 이야기가 생각나서 안타까웠소. 그뿐이오."

"그랬군. 대답해 줘서 고맙네."

"이제 어쩔 생각이오?"

"더 이상 진모에 있어봤자 좋은 꼴은 못 볼 것 같으니 다른 곳으로 떠날 생각일세. 그리고……."

삼권서생은 잠시 말을 멈추고 허허 웃더니 말했다.

"이제는 진흙탕에서 고상한 척하는 것은 그만두고 자네들을 본받아볼까 하네. 덕분에 용기가 생겼거든."

그는 자신을 무참하게 패배시킨 권우를 미워하지 않았다. 오히려 그를 단단하게 붙잡고 있던 마음의 족쇄를 부숴준 것에 고마움을 느끼고 있었다.

이제는 더 이상 웅크리고 살지 않을 것이다. 설령 내일 길가에 쓰러져 죽는다고 하더라도 스스로의 마음에 솔직한 삶을 살 각오가 섰다.

"언젠가 또 봅세. 그때는 다른 이름으로 만나게 될 걸세."

삼권서생은 홀가분하게 웃으며 떠나갔다.

그의 뒷모습을 보며 권우는, 아니, 형운은 묘한 감상에 사로잡혔다.

암흑가에 몸담은 자들은 저마다 사연 하나씩은 갖고 있었다. 뼛속까지 흑도인인 자들이 있는가 하면 흑풍검 시절의 왕춘이나 저 삼권서생처럼 흑도의 생리에 공감하지 못하면서도 어쩔 수 없이 그 바닥에서 살아가는 자들도 있었다.

자신의 손으로 그런 두 사람의 운명을 바꿨다고 생각하니 참으로 기분이 묘하다.

물론 나쁜 기분은 아니었다.

4

20일이 물처럼 흘러가 8월이 되었다.

미친 듯이 분노하던 우 대인은 어느 날을 기점으로 조용해졌다.

여전히 관병들이 암흑가를 헤집고 있었지만 그 전에 비하면 수사 방식이 훨씬 온건해져 있었다.

적린방과 범우파는 슬금슬금 뇌명회의 영역을 집어삼키기 위해 움직였다. 하지만 이제는 그들 둘만이 아니라 사대천왕의 마지막 하나인 강룡회도 이 경쟁에 뛰어들면서 흉흉한 분위기가 감돌기 시작했다.

"사실 내 호위를 좀 부탁하고 싶었소만… 유감스럽게도 그럴 수가 없게 되었군."

황보가를 방문한 적린방주 용화운이 한숨을 쉬며 말했다.

원래 그는 뇌명회의 영역을 집어삼키고, 분위기가 좀 안정되었다 싶으면 백운성에 있는 용화명의 묘에 다녀올 생각이었다.

하지만 상황이 꼬여서 한동안은 진모를 떠날 수가 없게 되었다. 권우와 초명이 언제까지고 진모에 머물러 있으리라고는 생각할 수 없었기에, 그는 권우와 초명을 통해 황보상단에 의뢰를 하기로 했다.

"형님이 구하고자 했던 사람들에게 전해주면 고맙겠소. 지금으로서는 내가 할 수 있는 일이 이것밖에 없군."

그는 용화명이 구하고자 했던 사람들을 위해 상당한 재물을 내놓았다. 이 재물이 온전히 그들을 위해 쓰일 수 있도록 조치해 달라는 것이 황보상단에게 의뢰하는 내용이었다.

황보상단은 그의 의뢰를 받아들여 백운성 쪽의 인맥을 통해 그 일을 처리하기로 했다.

"언젠가 진모에 다시 오게 되면 꼭 들러주시오. 적린방은 언제나 당신들을 환영할 것이니."

용화운은 정중하게 예를 표하고는 떠나갔다.

5

형운이 황보가를 떠나기로 한 것은 다시 열흘이 지난 후였다.

그 계기가 된 것은 황보가주가 전해준 한 가지 소식이었다.

"그동안 감사했소이다."

"감사는 제가 드려야지요. 부족한 아들을 지도해 주셔서 감사합니다."

"황보 공자는 재능이 있소. 앞으로 5년만 성실하게 수련해도 무인으로서 제 몫을 할 수 있게 될 겁니다."

"권 대협 같은 분이 제 몫을 한다고 할 정도면 기대해 봐도 좋겠군요."

흐뭇하게 웃은 황보가주가 짐짓 심각한 표정으로 말했다.

"오늘 아주 놀라운 일이 있었습니다."

"무슨 일이었소?"

"중앙에서 나온 수사관이 우 대인을 압송해 갔습니다."

권우는 짐짓 놀란 표정을 지었다.

하지만 사실은 전혀 놀라지 않았다.

'이제야 결과가 나왔군. 생각보다는 빨랐어.'

가려가 우 대인을 찾아가 경고한 것은 그저 그를 좀 얌전하게 만들려는 의도였다. 권력자인 그가 날뛰자 도시 전체가 들썩일 지경이었고 그 와중에 이 일에 상관없는 이들이 피해를 보았으니까.

하지만 우 대인이 얌전해진다고 해서 용서할 생각은 없었다.

형운의 인맥은 놀라울 정도로 넓다. 광활하다는 표현이 어울릴 정도다.

이는 별의 수호자의 일원으로서, 그리고 척마대주로서 활동하는 동안 수많은 이들과 관계를 맺어왔기 때문이었다. 각 지방의 명문정파들, 마교 대책반이나 마인 토벌로 함께 싸운 군 관계자들 등등…….

정당한 명분과 증거가 있는 상황에서는 그들을 통해 중앙의 관리를 움직이는 것도 어려운 일은 아니었다. 굳이 별의 수호자의 조직력을 통할 필요도 없이 개인의 인맥만으로 처리할 수 있는 것이다.

형운은 인맥을 통해 뇌명회가 보관하고 있던, 우 대인을 몰락시키기에 충분한 증거를 중앙으로 보냈다. 적린방을 통해 몇 단계를 거쳐서 사정을 모르는 이들로 하여금 감금하게 해뒀던 뇌명회주와 간부를 만날 수 있는 방법도 첨부해서.

그리고 진모에서만큼은 나는 새도 떨어뜨리는 권세를 자랑하던 우 대인은 하루아침에 비참한 죄인으로 전락하여 제도로 압송당하고 말았다.

그런 속사정을 모르는 황보가주가 말했다.

"이번 일은 우리가 알 수 없는 거대한 힘이 개입했다는 생각이 듭니다. 모든 일의 원흉이었던 우모진이 그런 꼴을 당한 것도 그렇고, 결국은 우 대인조차 몰락하는 걸 보니… 솔직히 무섭기도 하고 통쾌하기도 하군요."

황보가주 입장에서 우 대인은 아무리 패악을 부린다 하더라도 도저히 손댈 수 없는 존재였다.

암흑가에서라면 사람 한둘 죽여서 묻어버리는 것은 일도 아닌 거대 조직들조차도 국가가 내린 권력을 쥔 자의 입김 한 번에 날아가 버릴 수 있는 법. 그들의 뒤를 닦아주던 뇌명회를 박살 낼 수 있을지언정 그들을 벌하는 것은 현실적으로 불가능했다.

그런데 정체불명의 인물이 난입하여 우모진을 폐인으로 만들어 버리더니, 누군가 중앙에 영향력을 행사하여 우 대인조차도 바람 앞의 촛불로 만들어 버리는 막강한 권력으로 그를 몰락시켜 버렸다.

현실에서 실현되리라고는 상상도 해본 적 없는 일이 실제로 벌어지자 황보가주는 너무나도 통쾌한 기분이 들었다.

"가끔은 기적도 일어나는 거겠지요. 살면서 이런 일을 보게 되다니, 운이 좋다는 생각이 듭니다."

"가주께서는……."

문득 권우가 물었다.

"왜 위험을 무릅쓰고 우리를 도와주셨소?"

황보윤을 구해준 은혜가 있다고는 하지만 황보가주는 여러 식솔을 거느린 가문을 책임지는 몸이었다. 혼자만의 일이라면 모를까, 가문의 수장으로서는 매정한 선택을 해야 할 때도 있는 것이다.

그럼에도 황보가주는 권우와 초명을 돕기 위해 위험한 다리를 건넜다.

"손익을 따져보고 움직였을 뿐입니다."

"그렇게 말씀하시기에는 위험성이 큰 도박 아니었소?"

"그렇지요. 그럼 저도 권 대협께 묻지요. 권 대협께서는 왜 생면부지의 혈영검 적화운을 돕고 그의 유언을 전하기 위해 진모까지 먼 길을 오셨습니까? 그리고 왜 왕 대협을 돕기 위해 이 진모 암흑가의 태풍 속으로 뛰어드셨습니까?"

"그것이 올바른 일이라고 믿었기 때문이오."

망설임 없는 권우의 대답에 황보가주가 빙긋 웃었다.

"저 또한 마찬가지입니다. 의인은 보물보다도 찾기 어렵고, 따라서 그들의 삶은 황금의 광채보다도 눈부십니다. 누구나 그런 삶을 동경하지만 그렇게 살아갈 수 있는 자는 너무나 적지요. 살면서 이토록 귀한 기회를 만났는데 아무것도 하지 못하는 사람이 되고 싶지 않았습니다."

의인의 삶은 사람에게 용기와 희망을 준다.

형운 또한 누구보다도 그 사실을 잘 알고 있었다.

그가 비루한 소년이었던 시절에 가슴에 품고 있었던 것은 그를 괴롭히는 세상에 대한 울분뿐이었다.

하지만 자라면서 그는 눈부신 의협들의 삶을 보았다. 타인이 들려주는 이야기가 아니라 자신의 앞에서 살아 숨 쉬는 고귀한 의지를 보고 그것을 닮고자 노력해 왔다.

"부디 지금의 마음을 잊지 말고 살아가 주십시오. 그러면 저 같은 사람도 대협의 삶을 등불 삼아 좇아갈 수 있을 것입니다."

황보가주가 진심을 담아 건넨 말은 오랫동안 형운의 가슴 속에 남았다.

6

권우와 초명은 떠나기로 했지만 왕춘 일행은 한동안 더 황보가에 남아 있기로 했다.

암흑 격투회장에서 고통받던 소영우와 동료들은 아직 여행을 할 수 있을 정도로 회복되지 않았다. 그리고 왕춘의 연락을 받은 풍검문에서 산풍검이 직접 문도들과 함께 오기로 했기에 그들의 도착을 기다려야 했다.

왕춘은 비성과 함께 진모의 성문 밖까지 두 사람을 배웅 나왔다.

그러다가 문득 권우와 함께 둘이서만 이야기할 것을 원해서 조금 떨어진 나무 밑으로 향했다.

"실은 이걸 말씀드릴까 말까 많이 고민을 했습니다."

"음?"

권우가 의아해했다. 자신을 대하는 왕춘의 말투가 마치 윗사람을 대하는 듯 공손하게 바뀌었기 때문이다.

왕춘이 쓴웃음을 지으며 예를 표했다.

"하지만 은인을 알아보고도 모르는 척하는 것은 도리가 아닌 것 같아 말씀드리게 되었습니다. 언젠가 대협께 보은하고자 했는데 보은은커녕 이번에도 제가 큰 은혜를 입었군요. 감사합니다, 선풍권룡 대협."

"……."

권우, 아니, 형운의 표정이 굳었다.

'어떻게 알아차린 거지? 이 사람 앞에서 뭔가 실수한 게 있었나?'

형운의 머리가 빠르게 회전했다.

권우와 초명이라는 위장은 뇌성검 형준이라는 위장보다 훨씬 뛰어났다. 적수공권의 권사인 형운과 달리 두 자루의 단봉과 특성이 뚜렷한 보법을 쓰는 것만으로도 무공 연원이 같은 곳에 있다는 것을 짐작조차 할 수 없게 만들었으니까. 거기에 형운의 진신무공과는 전혀 다른 양강지력의 기공까지 더하니 형운을 잘 아는 이라도 쉽게 알아볼 수 없으리라고 귀혁이 단언할 정도였다.

그런데도 과거에 몇 년에 한 번씩 본 것이 전부인 왕춘에게 들켰다는 것은 그의 앞에서 형운이 뭔가 큰 실수를 했다는 것인데…….

"제가 대협의 정체를 알아차린 것은 몇 가지 사소한 단서 때문이었습니다."

스스로의 추측에 확신을 가진 왕춘의 말에 형운이 귀를 쫑긋 세웠다.

"처음 의심을 품게 된 것은 운기조식할 때 주입해 준 진기였지요."

왕춘이 형운에게 진기를 주입받은 것은 그때가 처음이었으니 과거의 경험과 비교한 것은 아니었다.

그러나 왕춘은 척마대와 함께 강주성 흑영신교의 비밀 연구 시설을 공격할 당시, 형운이 보여준 한 수를 지금까지도 잊지 못하고 있었다.

"강호 경험만큼은 풍부하다고 자부하는 저였습니다만 그것을 실제로 본 것은 처음이었습니다."

무극의 권.

형운은 살아온 환경이 워낙 특이하여 심상경의 고수들을

접할 일이 기이할 정도로 많았다. 하지만 암흑가에서 공포로 군림하니 어쩌니 하는 자들이 하늘 위에서 노니는 진짜 고수와 마주할 일이 드물듯, 일반적인 무인들은 평생 단 한 번도 심상경의 절예를 마주할 기회를 얻지 못하는 것이 대부분이었다.

그렇기에 그때 형운이 보여준 무극의 권은 왕춘에게 평생 잊을 수 없을 정도로 강렬하게 각인되었다.

눈이, 귀가, 그리고 기감이 기억한 것을 지금까지 수십만 번도 더 반추하며 그 경지를 동경해 왔다.

"그래서겠지요. 몇 년이나 지났지만 저는 대협의 기파를 바로 어제 접한 것처럼 선명하게 기억하고 있었습니다."

형운과의 대련을 통해서 그가 뇌성권 형준과 동일 인물임을 확신했던 그 기억이 퇴색하지 않고 남아 있었다.

왕춘은 흑풍검이던 시절부터 마치 음식을 맛보고 그 재료와 조리법을 알아내듯이 극한의 집중력으로 진기의 본질을 탐구하는 일에 능했다.

그것은 순간적으로 번뜩이는 감각은 아니다. 뛰어난 기억력과 집중력, 그리고 끈기가 복합된 재주였고 그렇기에 견고한 완성도를 지니고 있었다.

"이번 일에서 저는 대협이 싸우는 모습을 죽 곁에서 지켜보았습니다. 하지만 만약 3년 전의 저였다면 아무리 봐도 확신할 수 없었을 겁니다. 대협의 위장은 그만큼 훌륭했지요."

기공의 상승경지를 엿본 왕춘의 안목은 3년 전보다 훨씬 뛰어났다.

권우가 고수와 싸울 때 허공섭물과 의기상인을 활용하는 것을 관찰하고 분석함으로써 그 속에서 자신이 기억하고 있는 형운의 기파를 찾아낸 것이다.

"마지막 단서는 대협이 준 진기 회복제였습니다."

형운은 이번 일을 함께하는 동안 그에게 몇 번이나 별의 수호자의 진기 회복제를 주었다. 그 약의 효과가 없었다면 부상자인 왕춘이 끝까지 싸움을 함께할 수 없었을 것이다.

"별의 수호자의 약은 시중에도 많이 유통이 되고 있으니 돈만 있으면 살 수 있지요. 하지만 진짜 고급 약으로 분류되는 것들은 사정이 다릅니다."

왕춘은 형운이 준 것이 자신이 먹어본 그 어떤 진기 회복제와도 비교를 불허하는 놀라운 약효를 자랑한다는 사실에 의구심을 품었다.

"제 추측을 확신해 보기 위해 황보가주에게 부탁해서 별의 수호자의 약을 구해보기도 했지요. 황보가주의 금력과 인맥이라면 별의 수호자의 고급 약을 구매할 수 있으니까요."

그가 구해준 진기 회복제는 왕춘 입장에서 보면 눈이 튀어나올 정도로 가격이 비쌌다. 그런데도 형운이 왕춘에게 주었던 것보다 약효가 떨어지는 게 아닌가?

"제가 확신을 얻기까지는 꽤 시간이 걸렸습니다. 하지만 황보가에 머무는 동안은 생각에 몰두할 시간이 많았지요."

허허 웃는 왕춘을 보면서 형운은 오싹함을 느꼈다.

진기 회복제에 대한 것은 확실히 형운이 허점을 보인 것이 맞았다. 그의 지위가 높고, 척마대는 항상 상등품만을 지원받기에 그 약이 별의 수호자 바깥에서는 어느 정도의 가치를 지니고 있는지를 가볍게 생각했다.

그러나 왕춘의 확신에 약간의 무게를 더해주었을 뿐, 형운의 정체를 눈치챈 계기는 아니었다. 그는 단서라고 할 수도 없는 실낱같은 가능성의 파편들을 모아 깊이 연구하고 생각함으로써 진실에 도달한 것이다.

'만약 이 사람이 처음부터 풍검문을 떠나지 않았더라면…….'

20년 동안 흑풍검으로 살지 않고 풍검문도로 살았더라면, 그랬다면 풍검문은 대기만성(大器晩成)의 참뜻을 알게 되었을지도 모른다.

과거에는 자신의 사형보다 성장이 늦었어도 지금쯤은 스승인 산풍검을 능가했을 수도 있었으리라.

"왕 대협은 매번 저를 놀라게 하는군요."

왕춘이 확신하든 말든 형운은 시치미를 뚝 뗄 수도 있었다.

하지만 그가 보여준 능력에 경의를 표하고 싶었다.

그래서 더 이상 권우의 목소리가 아닌 형운의 목소리로 말했다.

"이런 식으로 정체를 간파당할 줄은 상상도 못 했습니다."

"누구에게도 발설하지 않을 것을 맹세하겠습니다. 저는 그저 은인을 모르는 척하고 싶지 않았을 뿐입니다."

왕춘은 지난번에 형운의 정체를 알아냈을 때도 그것을 누구에게도 말하지 않았다. 제자인 비성도, 스승인 산풍검조차도 그 사실을 모르고 있었다.

형운은 놀랍기도 하고 조금 허탈하게도 해서 웃음 지으며 말했다.

"이 쌍룡문의 권우라는 가면에는 별로 심각한 의도가 없습니다."

"……."

왕춘은 자신이 궁금했지만 캐묻지 않았던 것을 형운이 말해주자 경청했다.

"실은 저는 지금 별의 수호자에서 직위를 내려놓고 휴가 중입니다."

"척마대주를 그만두셨단 말씀입니까?"

"그렇습니다. 개인적으로 큰일을 겪은 후, 휴식이 필요함을 느껴서 후임자에게 인수인계를 하고 세상을 돌아다녀 보기로 한 겁니다. 하지만 제 허명이 쓸데없이 많이 알려지다 보니 가면을 쓰지 않으면 번잡스러울 것 같았지요."

"번잡스러움을 피하기 위해 가면을 쓰셨는데 오히려 더욱 번잡스러운 일을 찾아가신 것 같습니다만……."

"그냥 기분 내키는 대로 행동하다 보니 그렇게 되었군요. 하지만 후회는 하지 않습니다. 가면을 쓰지 않았다면 볼 수 없는 것들을 보고, 할 수 없는 일들을 했으니까요. 앞으로도 그렇겠지요."

"그렇다면 혹시……."

머릿속에 떠오른 추론을 이야기하려던 왕춘이 멈칫했다.

하지만 그가 묻고 싶었던 것을 짐작한 형운이 빙긋 웃었다.

"아마 왕 대협께서 생각하신 것이 맞을 겁니다."

왕춘은 나직하게 탄성을 흘렸다.

누가 우모진을 습격해서 폐인으로 만들었는가, 누가 손을 써서 우 대인을 몰락하게 만들었는가…….

이제야 모든 진실의 조각이 맞아떨어지는 기분이었다.

문득 형운이 품에 손을 넣더니 금속으로 된 원통 두 개를 꺼내서 왕춘에게 건네주었다.

"이것은 무엇입니까?"

"왕 대협 덕분에 오랜만에 정말 놀랐습니다. 그래서 제가 경의를 표하며 드리는 선물입니다. 이건 왕 대협이, 이건 제자분이 드시면 내공에 도움이 될 겁니다."

왕춘은 형운이 준 것이 별의 수호자의 비약임을 직감하고 눈을 크게 떴다.

"받을 수 없습니다. 제가 도움을 드린 것도 아니고 은혜를 진 입장인데 어찌 이런 귀한 선물까지……."

"부디 받아주십시오. 저를 위한다고 생각하시고. 애당초 제가 먹을 것이 아니라 강호를 떠돌다 보면 누군가 인연이 닿는 이에게 줄 일이 생길 것이라 생각해서 갖고 다니던 것입니다. 제 생각에는 왕 대협이 그 인연이었던 것 같군요."

그렇게까지 말하니 왕춘은 더 사양할 수 없었다.

형운이 빙긋 웃으며 말했다.

"언젠가 다시 만날 때까지 건강하시길."

"그때도 말씀드렸지만……."

왕춘은 만감이 교차하는 눈으로 형운을 보며 말했다.

"대협과 함께 싸우기에는 부족한 실력이지만 보은할 기회가 온다면 어디라도 달려가겠습니다. 부디 그때까지 강녕하시길."

제166장
혼돈 속에서

성운을 먹는 자

1

어둠 저편에서 세상을 굽어보는 자가 있었다.

그는 어느새 자신이 한자리에 앉아 만 리 너머를 굽어보고, 심지어 그곳에 의지를 투사하기까지 하는 경세적인 권능을 휘두르고 있음을 깨달았다.

그리고 그것이 자신의 노력으로 이루어낸 경지를 아득히 뛰어넘고 있다는 것 또한.

'아…….'

천외천 너머, 저 아득한 천계의 높은 곳에서 지식과 힘이 폭포수처럼 쏟아져 내려온다.

그 힘을 내려주는 본질은 분명 억조창생의 운명을 좌우할 수 있는 거대한 존재였다. 또한 그의 영혼의 뿌리이며 다른 세상에서 다른 자아로 살아가는 동일 존재이기도 하였다.

'나는 몽상 속에서 피어난 거품과도 같도다.'

인간에게 있어서 백 년의 세월은 평생 동안 살아갈 수 있을지 모르는 장대한 세월이다.

그러나 그의 본질 되는 자에게 있어서는 잠시 졸다가 꾸는 백일몽만큼이나 덧없고 짧은 시간이었다.

그렇기에 수십 년의 세월이 바로 직전처럼, 수백 년의 세월이 바로 어제처럼, 수천 년의 세월조차도 불과 몇 년 전의 일처럼 생생하게 느껴졌다.

'나는…….'

흑영신교주는 녹아내릴 것 같은 혼돈 속에서 탄식했다.

무언가를 볼 때마다 자신의 것이 아닌 감정이 되살아난다.

누군가를 볼 때마다 본 적도 없는, 먼 옛날에 존재했던 누군가와의 추억을 떠올리고 만다.

어떤 생각을 할 때마다 자신이 아닌 자가 겪은 갈등을 마치 스스로 겪은 것처럼 여기게 된다.

'아아…….'

그가 태어나 살아온 세월은 불과 25년이 지났을 뿐이고 그 시간 동안 축적된 기억은 지금 그의 내면에서 휘몰아치는 기억들에 비하면 티끌이나 다름없었다.

그에게 모든 것을 바친 타인들, 팔대호법이라 불리는 신성한 사도의 자리를 차지하고 있던 자들의 기억이 그를 변화시킨다.

하지만 그 기억은 미미하다. 그들의 삶이 그의 삶보다 길었고 더 많은 기억을 가졌음에도, 그는 그것을 자신을 위한 양분으로 삼는 데 성공했다.

그러나 본질이 같은 자들의 기억은 그럴 수가 없다.

수없이 세상에 내려와 투쟁을 계속했던 역대 흑영신의 화신들의 기억이 그를 위협했으며 그들을 통해 세상을 보았던 신의 기억이 그를 혼돈으로 끌어당긴다.

그것으로 그는 숨 쉬는 것만으로도 강해지고 있었지만, 동시에 파멸하고 있었다.

'인간이 아닌 신이 눈떴을 때, 운명은 종결되리라.'

지상에서 가장 신에 가까운 자는 자신의 파멸을 확신했다.

신격화가 진행될수록 그는 인간을 초월한 강대한 힘을 지니게 된다.

그러나 동시에 신이 되는 순간 그는 파멸한다.

태어나는 순간부터 흑영신교주라는 직위만을 가졌을 뿐, 인간으로서의 이름을 갖지 못했던 청년은 흑영신의 대의를 이루기 위한 현계의 쐐기였다. 인간인 그가 파멸하고 신만이 남는 순간, 흑영신 또한 더 이상 그의 존재를 통해 현계에 간섭할 수 없게 되리라.

그러니 그는 비원을 달성하는 순간까지 인간이어야 한다.

한없이 신에 가까울지언정, 인간의 의지로 그 힘을 다루는 존재여야만 한다.

'형운.'

문득 흑영신교주는 한 사람을 떠올렸다.

증오해 마지않는 자신의 숙적을.

'너는 어찌하여 인간일 수 있느냐.'

지상에서 가장 신에 가까운 존재는 바로 흑영신교주다.

그러나 신이 천기를 다툰 끝에 탄생시킨 흑영신교주보다도 형운이 더욱 뛰어난 그릇이었다.

그런 그릇이면서도 그는 어떻게 인간일 수가 있을까. 스스로의 본질을 알고, 심지어 신을 담는 그릇이 되어보기까지 했으면서.

흑영신교주는 늘 그 사실이 궁금했다.

'…….'

그 의문에 골몰하여 혼돈을 이겨내던 흑영신교주는 긴 명상을 끝내고 밖으로 나와서 물었다.

"준비는 완료되었는가?"

그러자 흑천령이 고개를 조아리며 말했다.

"예. 언제든지 할 수 있습니다."

흑영신교주는 흑천령이 술사들을 지휘하여 준비한 의식의 방으로 들어갔다.

그리고…….

2

백무검룡 홍자겸은 숲속에서 하룻밤 야숙을 준비하고 있었다.

작년에 형운에 의해 광세천교 성지로 불려 왔다가, 그대로 풍령국 윤극성으로 갔던 그는 1년이 넘게 지난 지금까지도 사문으로 돌아가지 않고 풍령국 방방곡곡을 여행하는 중이었다. 오랜만에 사문을 떠나서 이국을 여행하는 재미에 흠뻑 빠졌기 때문이다.

'슬슬 하운국 쪽으로 넘어가서 젊은 친구를 찾아가 보는 것도 재미있겠군. 아니면 위진국으로 돌아가서 청해군도에 한번 가봐? 그래도 같이 광세천교와 싸웠던 사이인데 청해용왕이 박대하진 않겠지?'

능숙하게 모닥불을 피우고 잠자리를 만들기 위한 나뭇잎을 모으던 홍자겸이 흠칫했다.

숲의 어둠 저편에서 불길한 기파가 다가오고 있었다.

'호오, 마인(魔人)이로구만.'

이 기운, 이 기척… 요괴나 마수(魔獸)일 리 없었다. 마인이 분명했다.

잠시 후, 어둠을 뚫고 모습을 드러낸 자는 홍자겸을 향해 뭐라고 말하려는 것 같았다.

투학!

그러나 그것은 속임수였고 곧바로 전광석화 같은 공격이 날아들었다.

"하하! 좀 놀 줄 아는 마인 놈이로구나!"

홍자겸이 유쾌한 듯 웃었다.

상대는 기습을 막아낸 홍자겸을 향해 곧바로 뛰어들어서 연격을 날렸지만…….

퍼퍼퍼펑!

그 순간, 조금 전까지 홍자겸이 있던 자리에서 의기상인이 폭발해서 그를 찢어발겼다.

마치 정밀하게 설계된 사냥꾼의 덫처럼, 적의도 살의도 없는… 사용자의 마음과 결과가 분리되어 시간 차로 활성화되는 고도의 의기상인이었다.

"역시 신기(神氣)를 소모하여 만날 가치가 있는 자로구나, 백무검룡."

갈가리 찢어지는 신형 너머에서 들뜬 목소리가 들려왔다.

홍자겸이 고개를 갸웃했다.

"나를 노리고 왔다는 건 알겠는데, 뉘신가?"

검은 머리칼에 옥을 다듬어놓은 듯 잘생긴 귀공자였다.

체격이 작은 노인인 홍자겸과 마주 보고 서 있으니 마치 거인처럼 커 보이는, 6척 장신의 청년은 온몸에서 새카만 기운을 피워 올리며 웃었다.

"흑영신교주라고 하면 믿겠는가?"

"호오!"

홍자겸의 눈이 반짝 빛냈다.

동시에 흑영신교주의 눈앞이 폭발했다.

퍼어어어엉!

역시 아무런 조짐도 없는 공격이었다.

교주가 놀라 뒤로 물러나는 순간, 눈앞이 연달아서 번쩍한다.

투하하하하학!

격공의 기가 연달아 쏟아지고…….

콰광! 콰콰콰콰쾅……!

주변을 휘감은 기파로부터 허공섭물과 의기상인이 아무런 조짐도 없이 시간 차로 활성화되어 폭발했다.

그리고 만검문의 절예, 십검(十劍)으로 구현한 열 개의 기검을 거느린 홍자겸이 마치 먹이를 노리는 매처럼 위쪽에서 교주를 맹습했다.

"하아!"

교주가 기합성을 외치며 양손을 합장했다.

순간 어둠의 파동이 구체형으로 주변을 휩쓸었다.

꽈과과과광!

10장이 일거에 초토화되면서 홍자겸이 깔아둔 기파가 싹 쓸려 나갔다. 홍자겸 본인도 교주에게 접근하지 못하고 튕겨 나간다.

퍼어어엉!

다음 순간, 둘 사이에서 공기가 파열했다. 격공의 기끼리의 격돌이었다.

잠시 싸움이 소강상태로 들어갔다. 둘에게서 풀려나온 팽팽한 기파가 자신의 영역을 구축하면서 중간 지점에서 맞부딪친다.

"후훗."

홍자겸이 웃었다. 신나서 어쩔 줄 몰라 하는, 철없는 소년 같은 웃음이었다.

"이 정도면 진짜 교주인지도 모르겠구먼!"

"시험은 통과한 셈인가?"

"이제부터가 진짜겠지? 완전 두근거리는군! 네놈을 조지고 있으면 팔대호법들이 '교주님! 피하십시오!' 하면서 우르르 달려드는 전개렷다? 아주 원 없이 싸워보겠구나!"

껄껄 웃는 홍자겸을 보는 교주의 시선이 묘해졌다.

"…아니다만?"

"음?"

"나는 혈혈단신으로 그대 앞에 섰다. 위대한 흑영신의 이름을 걸고 맹세하지. 그대의 상대는 오로지 나 혼자이며, 나를 쓰러뜨린다면 우리 교는 결코 그대의 휴식을 방해하지 않을 것이다."

"……."

순간 홍자겸이 맥이 탁 풀린 표정을 지었다.

"진짜냐?"

"흑영신의 이름을 걸고 한 맹세에는 거짓도 허언도 없느니."

"에이, 좋다 말았네."

구시렁거리는 홍자겸을 보는 교주는 어이가 없었다.

'정파의 노협객 주제에 웬만한 마인 빰칠 정도로 광기가 넘친다더니 정말 그렇군.'

겉모습만 보면 장난스러운 노인으로밖에 보이지 않는 홍자겸은 비견할 자를 찾기 힘든 투귀(鬪鬼)였다.

무인들에게는 다짜고짜 사람들 두들겨 패고 무인의 자격을 설교하는 미치광이로 유명했지만, 그럼에도 협의를 위해

기꺼이 목숨을 건 싸움을 해왔기에 일존구객의 일원으로 불리는 자.

교주는 홍자겸의 내면에서 꿈틀거리는 광기에 유쾌함을 느꼈다.

'좋군.'

자신이 혼돈을 극복하기 위해 필요한 경험을 선사할 수 있는 최적의 상대다.

홍자겸이 삐딱하게 고개를 갸우뚱하며 물었다.

"애송이 교주, 이 자리에서 너를 쓰러뜨리면 흑영신교의 야망은 수십 년 정도 후퇴하게 되는 건가?"

"그렇지 않을 것이다. 그대의 패배는 의미가 있겠지만 승리는 큰 의미가 없지."

"그렇게 지껄이는 걸 보니 역시 가짜로구만?"

"나 외의 흑영신교주는 없도다."

"그럴 리가 없지 않느냐?"

홍자겸이 속삭이듯 말했다.

"그 몸, 인간의 몸이 아니잖느냐? 그런데 어떻게 진짜일 수가 있느냐?"

"……."

교주의 눈이 가늘어졌다.

홍자겸이 히죽 웃었다.

"처음에 신기가 어쩌니 한 걸로 봐서 고도의 술법으로 만든 분신체 같은 것인가 보군. 그런 것치고는 정말 감쪽같지만……."

퍼어엉!

전조 없는 폭음이 울리며 교주가 뒤로 밀려났다.

'음!'

교주가 놀랐다.

초반에 홍자겸의 의기상인에 워낙 휘둘렸기 때문에 호신장막을 쳐두고 있었다. 그런데 홍자겸은 격공의 기로 그 안쪽을 타격한 게 아닌가?

'흉왕과 같은 경지! 기파의 범위에 한정되지 않는 격공의 기로군!'

오래전, 무학에서 심상경이 제대로 정립되지 않았던 시절…….

그 시절에 심상경의 절예는 지금보다도 훨씬 희귀했으며 무공이라기보다는 신적인 권능으로 여겨졌다. 그 경지에 도달한 자들은 순혈의 인간 중에서는 극히 드물었고 대부분이 특별한 혈통을 타고난 자들이었기에 더더욱 그랬다.

그리고 그런 시절에는 격공의 기야말로 심검(心劍)이나 신검합일(身劍合一) 같은 전설적인 개념의 현현(顯現)으로 여겨졌다.

이후 시간이 지나 무학자들이 심상경을 정의하고, 기공의 상승경지를 통해 격공의 기에 도달하기까지의 과정을 체계화하는 데 성공하면서 격공의 기의 위상은 낮아지게 된다.

하지만 더 이상 최고의 경지가 아니게 되었다고 해서 그 위력이 감소하는 것은 아니었다. 오히려 체계화되어 전수되고, 많은 이들에 의해서 연구되면서 그 위력은 계속해서 증가해 왔다.

격공의 기를 터득한 자 대부분이 구사하는 것은 허공섭물과 의기상인의 발전형이다. 자신의 기파가 미치는 범위에서 중간 과정 없이 공간을 뛰어넘는 공격을 구현하는 것.

그러나 이전에 귀혁은 교주를 상대로 그런 개념을 초월하는 격공의 기를 보여준 바 있었으며, 지금 홍자겸 역시 같은 경지를 구사했다.

투두두두둥!

격공의 기가 현란하게 부딪치며 충격파가 사방을 휩쓸었다.

"호오! 나는 격공의 본질을 깨달은 지 얼마 되지 않았건만 어린놈이 벌써 깨달았군? 재미있어!"

격공의 기를 격공의 기로 막는다.

여기까지는 격공의 기에 도달한 자들끼리 싸울 경우에는 자연스러운 형태의 공방이다.

그러나 홍자겸의 격공의 기는 그것만으로는 막을 수 없다. 분명히 타격 지점을 예측하고 요격해도 그것을 통과해 오거나, 2단, 3단으로 분화하면서 타격을 가하는 등의 현묘한 운용을 보여주었기 때문이다.

하지만 교주는 처음에만 당황했을 뿐 금세 홍자겸과 같은 수준으로 공방을 벌이고 있었다.

교주가 희열을 드러내며 외쳤다.

"좋군! 백무검룡이여, 내게 생사의 갈림길을 보여다오!"

그리고 교주에게 어둠이 쏟아져 내리며 해일 같은 힘이 홍자겸을 맹습했다.

3

쿠구구구구구구…….

굉음이 잦아드는 가운데 어둠이 내려앉은 숲 곳곳에서 흙먼지가 피어오르고 있었다.

숲을 통째로 뒤집어엎는 듯한 격전이었다.

짐승들이 놀라 달아나고, 인근에 있던 사람들은 영문을 몰라 벌벌 떨었다. 이 모든 것이 단 두 명이 싸운 결과임을 말해준다면 그들은 믿지 못할 것이다.

"에잉, 밑천을 다 털렸군."

경천동지할 싸움의 승자는 홍자겸이었다.

"애송이의 분신 주제에 엄청 세구먼. 분신이 이 정도라니 본체랑 싸웠으면 황천 구경을 했겠어."

그에게도 쉬운 싸움이 아니었다. 8심의 내공을 지닌 그와 대등한 수준의 내공, 심상경의 절예를 심즉동으로 발하는 경지에 이른 무공, 그리고 음공과 같은 예상외의 변수까지…….

아마 5년 전, 형운과 만나기 전의 그였다면 도저히 당해낼 수 없었을 것이다. 흑영신교주의 실력은 그 정도로 무섭게 성장해 있었다.

홍자겸은 의념으로 기를 통제하여 부상을 재생하는 한편 일곱 조각으로 갈라진 적의 시신을 허공섭물로 모아보았다.

"신기하구먼. 사술(邪術)이라는 게 원래 상식으로 재단할 수 없는 것이기는 하지만……."

죽은 자의 시신은 조금 전까지 그가 싸웠던 흑영신교주의 모습이 아니었다. 얼굴도, 체격도 전혀 다르다.

교주와의 싸움은 치열했다. 결판을 내기까지 상당히 시간이 걸렸다.

오랜만에 만나는 강적이었기에 홍자겸은 아주 신이 나서 싸움에 몰두했다. 적이 가짜임을 알기에 밑천을 최대한 덜 노출해야 한다는 사실을 염두에 뒀지만, 흑영신교주는 실력을 숨긴 채로 상대하기에는 너무 강한 적이었다.

결국 홍자겸은 실력을 바닥까지 드러내는 수밖에 없었다. 결판을 낼 때 쓴 만검무량(萬劍無量)은 십검이 격공의 기로 운용되면서 시공간의 제약을 뛰어넘어 무한의 변화를 일으키는 기술로, 어떤 의미에서는 심상경의 절예보다도 더 고절한 홍자겸 최고의 비기였다.

'뭐, 보여준 기술들은 개선 좀 하고 새 기술도 만들고 그러면 되지!'

홍자겸은 그런 터무니없는 생각을 하면서 교주, 아니, 교주의 분신을 구현했던 자의 시신을 꼼꼼히 살폈다.

결판이 나는 것과 동시에 적의 몸에서 농밀한 어둠이 흩어지면서 교주의 모습이 사라지고 이 모습으로 변해 버렸다. 이 몸이 누구 것인지는 모르겠지만 내공이 7심에 이르는 고수였던 것만은 분명했다.

'도대체 뭔 의도지?'

홍자겸이 고개를 갸우뚱했다.

도무지 흑영신교의 의도를 짐작할 수가 없었다.

내공이 7심에 이르는 마인이라면 이십사흑영수급의 간부였을 터. 흑영신교 입장에서도 절대 쉽게 낭비할 수 있는 인적 자원이 아니다.

그런 자를 희생시켜 가면서 싸움을 걸어왔다면 확실하게 홍자겸을 잡을 수 있는 방법을 준비했어야 정상 아닐까?

홍자겸을 노린 이유는 알겠다. 그가 혼자 여행 중이니까 노리기 쉬운 표적이라고 판단해서였을 터.

그런데도 왜 굳이 많은 전력을 동원해서 함정을 파고 기다리는 게 아니라 교주의 분신이 혼자 와서 그와 치고받은 것인지 도무지 모르겠다.

'거참. 미친놈들의 생각은 모르겠구먼.'

홍자겸은 고개를 절레절레 젓고는 열양지기로 마인의 시신을 불태워 없애 버렸다.

4

교주는 헛숨을 토하며 눈을 떴다.

"헉……!"

가부좌를 틀고 앉아 있던 그가 휘청거리자 옆에 대기하고 있던 흑천령이 놀라 다가왔다.

"괜찮으십니까?"

교주는 고개를 끄덕였다.

과거에 흑영신교의 보물 흑영기(黑影器)를 통해 강림하여 귀혁과 싸웠을 때와 비교하면 이번의 타격은 미미했다. 막 악몽에서 깨어난 정도의 충격이 심신을 괴롭힐 뿐이다.

그것은 동조율이 그만큼 높지 않기 때문이기도 했다. 홍자겸을 상대할 때 교주의 육신은 본신의 채 3할에도 미치지 못하는 힘을 지니고 있었다.

내공은 8심 수준으로 제약되었고, 신체 능력도 거의 절반 수준까지 열화되었으며, 술법은 아예 쓸 수 없었다. 교주 입장에서 보면 도저히 제 실력을 발휘할 수 없는 상태였던 것이다.

그럼에도 교주는 홍자겸이 모든 실력을 다 보일 수밖에 없을 정도로 대등한 격전을 펼쳤다.

'만검무량. 실로 뛰어난 절기였다.'

분신에게 죽음을 선사한 그 절기는 교주의 기량을 한층 향상시키는 양분이 될 것이다. 귀혁과의 싸움에서 경험한 것들이 그러했듯이.

잠시 교주가 운기조식하여 회복하고 나자 흑천령이 물었다.

"원하던 것은 얻으셨나이까?"

"얻었다."

그를 보며 미소 짓는 교주의 눈빛은 혼란 없이 맑았다.

그가 필요로 하는 것은 인간으로서의 자신을 강하게 실감할 수 있는 경험이었다.

양적인 기억에 의지하다가는 밀려오는 혼돈의 해일에 압도당하고 만다. 살아 있는 현재의 경험이기에 가능한 생생함과 강렬함으로 중심을 바로 세워야 했다.

교주에게는 그런 경험이 부족했다. 그 사실을 인지했기에 그동안 대업을 위해 축적한 신의 힘 일부를 소모하고 귀중한 이십사흑영수 중 하나를 덧없이 희생시켜 가면서까지 홍자겸과의 일대일 결투를 추진했다.

자신이 쌓아 올린 모든 것을 남김없이 쏟아내는 경험, 그리고 삶과 죽음이 교차하는 순간의 강렬함이 교주가 혼돈 속에서 버텨낼 중심을 바로 세워주었다.

'어쩌면 이 또한 백일몽과 같겠지만…….'

찰나의 꿈에서 본 미망을 진리로 믿는 것에 불과할지도 모른다.

그러나 그럼에도 지금의 교주에게는 그런 것이 필요했다. 진리를 놓아버리고 그 대신 허위를 붙잡더라도 걷잡을 수 없이 가속하는 신격화의 과정을 늦추지 않으면 안 되었다.

"백무검룡 홍자겸이여."

교주는 몸을 바로 세우며 어둠만이 가득한 허공을 올려다보았다. 한없이 신에 가까운 그의 눈에는 머나먼 숲에 있는 홍자겸의 모습이 보였다.

"그대가 죽을 자리는 정해져 있으니, 부디 대업의 그날까지 무사와 안녕을 빌겠노라."

5

형운과 가려는 진모에서의 일을 마지막으로 권우와 초명이라는 가면을 벗었다.

앞으로 종종 그 가면을 쓰게 될지도 모르겠지만 일단은 나중 일로 미뤄두기로 한 것이다.

한바탕 큰일을 벌인 낭인들이 세상이 잠잠해질 때까지, 혹은 휴식과 수련을 위해 잠적하는 것이야 흔히 있는 일이기 때문에 그들의 행보가 연속적으로 드러나지 않는 문제는 딱히 걱정할 필요가 없었다.

"후우."

가려는 엉망진창이 된 객잔 한복판에서 한숨을 푹 쉬었다. 모습이 드러나든 말든 상관없는 듯한 태도였음에도 은신술로 모습을 감추고 있어서 형운 말고는 아무도 그녀를 볼 수 없었다.

바라던 대로 초명의 가면을 벗고, 마음 편하게 은신할 수 있게 된 그녀가 이 난장판에서 땅이 꺼져라 한숨을 쉬는 이유는 간단했다.

진모를 떠난 지 열흘, 지나가다 객잔에서 벌어지는 소동을 본 형운이 기회는 이때라는 듯 눈을 빛내면서 새로운 가면을 썼기 때문이다.

산운방(算雲幇)의 뇌성권(雷聲拳) 형준이라는 가면을.

수십 명의 백도인과 흑도인이 치고받는 소동에 휘말린 객잔의 일반인들을 구조하고, 흑도인들을 좀 두들겨 패면서 강렬한 무위를 선보여서 싸움을 멈추게 한 형운이 상큼하게 웃으며 전음을 보냈다.

—그야 가끔은 이 가면도 써줘야 계속 써먹을 거 아니에요. 기름칠을 해주는 의미라고나 할까? 정보부에 행적 보고도 할 겸? 이런 일이면 써먹기 딱 좋잖아요! 누나도 이참에 새로운 신분 하나 만들어보면 어때요? 이번에는 말 못하는 사람 아닌 걸로!

—…….

—왜요?

형운은 가려의 시선에서 진하게 묻어나는 오만 가지 감정들을 감지하고는 주춤했다.

—아니, 아닙니다. 제가 말을 말죠…….

하지만 가려는 설명하는 대신 한숨을 푹푹 쉬면서 기둥 뒤로 숨어버렸다.

"이놈들! 감히 우리 용현파의 영역에서 이런 행패를… 어?"

그녀가 그렇게 철저하게 숨은 이유는 또 다른 무리가 등장했기 때문이었다.

잠시 후, 그들 사이에 대화가 이루어졌고, 입장의 차이로 조금씩 오가는 말이 격해지면서…….

와아아아아!

물 흐르듯이 자연스럽게 폭력 사태가 재개되었다.

"후우."

그리고 뒤에서 난동이 벌어지든 말든 가려는 기둥 뒤에 숨어서 바깥 풍경을 바라보며 한숨만 푹푹 쉬었다.

6

가려는 형운의 행보를 보면서 한 가지 사실을 통감하고 있었다.

'공자님은 완전 신났다.'

지나가다가 소동을 발견하면 결코 그냥 지나치는 법이 없었다.

사실 오지랖이야 강호에서 협객이라 불리는 자들의 공통적인 성향이니 그렇다 치자. 오지랖이 바다처럼 넓지 않으면 전국구 협객은 될 수 없는 법이다.

하지만 형운은 그 정도가 심했다.

그가 조용히 살 팔자가 아니라서 가는 곳마다 소동이 벌어지는 것 아니겠느냐고?

어느 정도는 그렇다. 인정한다.

그렇지만 형운의 경우에는 그런 말로 설명 가능한 수준이 아니었다.

'저놈의 일월성신!'

보통 여행자가 소동에 휘말리는 과정은 길 가는데 상대가 싸움을 걸어오거나 눈에 보이는 곳에서 일이 벌어져서 끼어드는 식이다.

형운의 경우는 달랐다.

일단 산길을 가다가 멀리서, 수백 장도 더 떨어진 높은 곳에서 누군가 자신을 관측해도 그 순간 알아차린다.

그 관측자는 사냥꾼일 수도 있고 약초꾼일 수도 있고 산중 수련 중인 무인일 수도 있다. 그럴 경우에는 그런가 보다 하고 넘어간다.

하지만 산적들이 망을 보다가 발견하거나 혹은 그 이상으로 수상쩍은 무리들일 경우에는?

일단 달려가서 정체를 캐고 본다.

그 이후에 무슨 일이 벌어지는지는 딱히 설명할 필요가 없을 것이다.

형운의 감지 능력은 이미 무공의 경지로 설명할 수 있는 수준을 아득히 초월해 있었다. 마치 그를 중심으로 거대한 술법 탐지망이 펼쳐져 있는 것과도 같아서, 길 가다가 산 너머에서 산적질이 벌어지는 것을 감지하고 냅다 달려가는 일이 언제

벌어져도 이상하지 않았다.

참고로 권우와 초명의 가면을 쓰고 활동하던 때, 미우성으로 가는 길에 멧돼지인간 패거리에게 습격받은 상인들을 구해줬을 때가 바로 이런 경우였다.

지난 몇 개월 동안 그런 형운과 함께한 가려는 한 가지 결론에 도달했다.

'공자님이 쌓인 게 정말 많긴 많았구나!'

하긴 형운의 삶을 찬찬히 살펴보면 그럴 만도 했다.

귀혁의 제자가 되어 별의 수호자가 들어온 형운의 소년 시절은 인간다운 삶 따위는 포기한 고행으로 점철되어 있었다. 의식주 모든 것이 무공 수련을 위한 고통의 시간이었음을 감안하면 용케 인성이 멀쩡하게 자라났다 싶을 정도다.

그 후로는 가는 곳마다 흑영신교와 광세천교를 포함해서 강호에 공포로 군림하는 적들과 생사를 건 싸움을 벌인 적이 한두 번이 아니었다. 강호를 통틀어도 형운처럼 강적과의 격전으로 점철된 삶을 살아온 자를 찾기 어려울 것이다.

게다가 성장한 후에는 또 조직 내부적으로 정치적 싸움에 온 신경을 기울여야 했다.

그러니 이 모든 굴레를 다 벗고 마음 가는 대로 행동하는 것은 얼마나 즐거운 일이겠는가.

가려는 형운의 마음을 이해할 수 있었다. 이해는 하는

데…….

'그래도 좀 작작 해주셨으면!'

새로운 마을에 도착하자마자 냉큼 소란을 감지하고 뛰어가는 형운을 보고 있자니 울컥하게 되는 것만은 어쩔 수 없었다.

7

형운은 더없이 행복한 표정으로 산해진미(山海珍味)를 즐기고 있었다.

소년 시절에 삼시 세끼를 약선으로 먹고 물조차도 약차를 마시면서 미각 고행을 했던 기억 때문일까, 약선에서 해방된 후로 형운은 식도락을 즐기게 되었다. 이 여행 도중에도 음식 맛이 좋다고 이름난 곳만 발견하면 꼬박꼬박 들르는 것이 정해진 일정이었다.

곧 초로의 숙수가 나와서 물었다.

"대협, 이것으로 모든 요리를 다 맛보셨습니다. 만족스러우셨는지요?"

"과연 청운성 요리 대회 본선 진출자다우시군요, 훌륭해요. 입이 호강했습니다."

"허허, 간만에 제대로 요리를 하니 살아 있는 기분이 드는

군요. 이게 다 대협의 은공입니다."

숙수가 정중하게 인사했다.

그가 감사하는 이유는 흑도 조직에게 빼앗길 뻔한 그의 객잔을 형운이 지켜주었기 때문이다.

이 마을 유지가 흑도 조직과 결탁하여 그의 객잔을 노렸다. 흑도인들을 이용해서 깽판을 놓거나 손님들을 쫓아버리는 식으로 훼방을 놓았고 식재료 매입까지 방해하는 바람에 순식간에 궁지에 몰렸다.

그런데 갑자기 나타난 형운이 하루아침에 이 모든 사태를 해결해 주었다.

시골 마을에서는 상상도 할 수 없을 정도의 무력과 금력, 그리고 권력이 더해지자 흑도 조직은 뿌리째로 박살 났고 그들과 결탁한 지역 유지 역시 더 이상 거들먹거릴 수 없는 신세로 전락했다. 그리고 인근의 백도 조직들이 적극적으로 객잔을 보호해 주겠다고 나섰다.

쾌도난마(快刀亂麻)로 일을 처리해 버린 형운은 인근의 별의 수호자 사업체에 연락해서 최고의 식재료를 공수해 주었고, 숙수는 형운을 위해 사흘에 걸쳐서 자신이 아는 모든 기술을 발휘했다.

그리고 이 일은 빠른 속도로 소문이 퍼져 나가고 있었다.

'선풍권룡이 인정한 맛집!'

아마 그가 정직하게 요리를 하는 한 손님이 끊일 일이 없을 것이다.

사흘간 객잔의 모든 요리를 맛본 뒤 떠나면서 형운이 말했다.

"기왕 청운성에 왔으니 바다를 보고 나서 해룡성 쪽으로는 배를 타고 가볼까요?"

현재 두 사람이 있는 청운성은 하운국 최남단에 위치한 지역으로 본성은 위진국, 그리고 남해 저편의 섬나라 가연국과의 해상무역을 담당하는 항구도시였다. 그만큼 번성했고 인구도 많은 지역이기도 하다.

그에 비해 해룡성은 청운성과 마찬가지로 해안 도시라고는 하나 분위기가 완전히 다른 곳이다. 중원삼국 바깥 세계와의 접점이라 상업은 별로 발달하지 못했고, 외부로부터 흘러들어 오는 위험 요소가 많아서 수군의 영향력이 청운성보다 훨씬 큰 지역이었다.

"배라… 꼭 타셔야겠습니까? 그냥 육로로 여행하고 싶습니다만."

가려가 눈살을 찌푸렸다. 청해군도에서 고생했던 기억이 아직도 생생하다 보니 굳이 해로를 통해 여행하고 싶지 않았다.

"그럼 그냥 바다만 보고 육로로 해룡성으로 가죠."

"그곳까지는 좀 빠르게 이동했으면 좋겠군요."

"왜요?"

"우리가 총단을 떠난 지 벌써 반년이 다 되어갑니다."

가려가 눈을 흘겼다.

형운은 그녀의 얼굴을 보며 생각했다.

'누나는 참 새침한 표정도 귀엽단 말야.'

형운이 나이 든 만큼 그녀도 나이 들었다. 그러나 그녀의 얼굴에서 세월의 흐름을 엿볼 수 없는 것은 그녀의 내공이 심후한 경지에 이른 덕분이리라.

가려가 말을 이었다.

"취미 생… 아니, 협행도 좋습니다만 남은 시간이 별로 없습니다."

"지금 취미 생활이라고 말하려고 했죠?"

형운이 그 점을 짚었지만 가려는 싹 무시하고 말을 이었다.

"중간에 이 일 저 일에 끼어들면서 소모한 시간이 너무 많았습니다. 이래서는 호장성에 가기도 전에 시간을 다 쓸 겁니다."

"그렇긴 하지요."

이 여행은 10개월 정도의 기간을 예정하고 시작되었다.

하지만 여기까지 오는 동안 벌써 반년 가까운 시간이 지났다. 여름이 쏜살같이 지나가고 어느덧 가을에 되었던 것이다.

형운이 세운 이 여행의 목적 중에는 일야문에 들러서 천유하를 만나는 것이 있었다. 그곳에서 머무는 기간을 생각하면 확실히 앞으로의 일정은 좀 서두를 필요가 있을 것이다.

가려가 말했다.

"그리고 요즘 미우성부터 청운성 일대까지 '선풍권룡이 날뛰고 있다'는 소문이 퍼져서 죄지은 놈들은 다들 몸을 사리는 모양입니다. 이제는 공자님이 아무리 눈을 크게 떠도 잔챙이만 걸릴 거라는 의미지요."

"난 그냥 눈에 보이는 사건에만 손댔을 뿐인데요."

"제가 보기에는 어디 뛰어들 문제가 없나 눈에 불을 켜고 찾아다니셨습니다만. 우리가 끼어든 문제 중에 절반은 그 지역 사람들끼리도 충분히 해결할 수 있는 문제였을 겁니다."

"흠흠. 그래도 우리가 끼어서 나쁜 결과가 나오진 않았잖아요."

형운이 슬그머니 가려의 시선을 피하며 말했다. 스스로도 한동안 좀 과하게 일을 찾아다녔다는 자각이 있었던 것이다.

"확실히 제가 좀 신바람을 내긴 했던 것 같아요."

"자각은 있으셨군요."

"누나랑 둘이서 일을 해결하는 게 재미있어서 그랬나 봐요."

"……."

가려가 움찔했다.

형운이 부끄러워하며 말을 이었다.

"물론 우리가 같이 일을 처리하는 거야 전에도 그랬지만… 임무도 아니고, 정치적 필요성도 아니고 그냥 우리 둘이 마음 가는 일에 손발을 맞춰본 일은 없었잖아요. 그게 참 좋았어요. 몇 번이고 계속해도 질리지 않을 정도로."

"…우리 둘이라니, 공자님의 마음 가는 대로 아니었습니까."

말투는 쏘아붙이는 투였지만 목소리는 전혀 그렇지 않았다. 형운이 물었다.

"혹시 누나는 싫었어요?"

"……."

"그래도 보람 있는 일이었잖아요. 누나랑 같이 가치 있는 일을 해나간다는 게 난 정말 좋았는데… 누나가 싫었다면 미안해요."

"……."

"누나?"

얼굴을 붉힌 채로 가만히 듣고만 있던 가려는, 형운이 자신을 바라보며 대답을 요구하자 갑자기 손을 들어 형운의 시야를 가렸다.

"아니, 왜 갑자기 은신해요?"

그리고 손바닥을 치웠을 때는 은신해서 모습을 감춰 버린 후였다.

아무것도 없는 허공에서 그녀의 목소리가 들려왔다.

"그냥 은신하고 싶었습니다."

"사람하고 말하다가 그러는 거 아니에요, 누나."

"누구나 평범하게 대화하다가도 은신하고 싶을 때가 있는 법입니다."

"그럴 리가 있나요! 보는 사람도 없는데 얼른 나와요."

"싫습니다. 호위무사 임무를 수행하는 게 아니니 제 마음대로 할 겁니다. 명령하고 싶으시면 복귀하시든가요."

어린애가 떼쓰는 듯한 대답에 형운은 가려가 있는 곳을 빤히 바라보았다. 가려의 은신술은 이미 입신의 경지에 이르렀지만 그래봤자 일월성신의 눈을 벗어나는 것은 불가능하다.

하지만 일월성신의 눈으로도 은신한 그녀의 표정이 어떤지는 알 수 없었다.

'분명 엄청 귀여울 텐데!'

형운은 그 사실에 아쉬움을 느꼈지만 은신한 가려는 고집을 꺾지 않았다.

제167장
공통점

성운을 먹는 자

1

척마대주직을 이어받은 백건익은 순조롭게 조직을 장악해 갔다.

차기 오성 후보로 거론될 정도의 무력을 지닌 데다가 형운과도 친분이 깊고, 파견 경호대주직을 수행하면서 조직 통솔력도 입증된 인물이다. 그렇기에 그가 척마대주가 되는 것에 대해서 척마대 내부에서도 다들 납득하는 분위기였다.

그가 척마대주로 취임한 후 반년 동안 척마대는 이전과 별다를 바 없는 활약을 보여주었다.

하지만 모든 전력이 외부 활동에 투입되고 있는 것은 아니었다.

천공지체와 백운지신.

별의 수호자의 미래를 좌우할 두 연구 계획을 지원하는 임무 또한 중요한 비중을 차지하고 있었다.

2

척마대는 그 이름대로 마(魔)를 척결하는 부대다.

그들이 주로 상대하는 것은 민생의 영역에 자리 잡은 적들이 아니다. 마인, 요괴, 마수처럼 관의 치안 밖에 자리 잡고 인간을 위협하는 존재들이 그들의 주적이었다.

모두가 피하고 싶은 위협을 찾아가서 상대한다. 그렇기에 척마대는 가장 치열하고 위험한 부대일 수밖에 없었다.

"좋아! 분단시켰다!"

그렇게 외친 것은 백건익이 척마대주로 취임한 후 부대주로 승진한 어경혼이었다.

어경혼이 이끄는 스무 명의 척마대는 최근 악명을 떨치기 시작한 청린오귀(青鱗五鬼)라 불리는 마인들과 그 수하들을 상대로 격전을 펼치고 있었다.

그런데 막상 전투가 시작된 후, 어경혼은 정보가 틀렸음을 알게 되었다.

청린오귀 중 한 명은 마인이 아니라 마수였기 때문이다. 전투가 시작되자 인간만큼이나 덩치가 큰 족제비 마수가 본신을 드러내었다.

하지만 척마대는 크게 동요하지 않았다. 워낙 실전 경험이 많다 보니 다수의 변수는 다들 감안했기 때문이며, 마수를 상대해 본 경험도 풍부해서 이미 대응책이 정립되어 있었기 때문이다.

어경혼은 능숙하게 대원들을 지휘해서 청린오귀를 둘로 분단했다.

"이놈들!"

족제비 마수가 거센 마기(魔氣)를 풀어내면서 술법을 펼쳤다.

아니, 그러려고 했다.

—전원 천공흡인(天空吸引) 대비 태세!

어경혼이 전음으로 외쳤고…….

"젠장! 이 괴물들은 대체 뭐야!"

족제비 마수는 술법을 구현하기 위해 풀어낸 마기가 어디론가 빨려 들어가는 것을 보며 경악했다.

엄청난 기세로 마기가 빨려 들어가는 지점에는 두 남녀가 서 있었다.

강연진과 오연서였다.

천공지체의 능력으로 마기만을 지정해서 흡수해 버린 것이다.

그들은 이미 자신이 원하는 기운만을 골라서 흡수할 수 있을 정도로 그 능력이 발전해 있었다. 그러나 그럼에도 광범위에 걸쳐 고출력으로 능력을 발동시키면 아군의 기운까지 쓸어 담을 수 있기 때문에 그럴 때는 지금처럼 미리 대비 태세에 들어간다.

아까부터 몇 번이나 이 비슷한 상황이 반복되었다.

청린오살은 각기 악랄한 특기를 갖고 있어서 독기와 저주의 힘을 다루었다. 그러나 그들이 독무를 퍼뜨리거나 저주의 파동을 전개할 때마다 천공지체 두 사람이 나서서 그 기운을 싹 쓸어 가버리니 강점이 봉인된 채로 싸울 수밖에 없었다.

완성 단계에 이른 천공지체의 능력은 전술적인 측면에서 오싹할 정도로 무서웠다.

"역시 천공지체의 능력은 최고야! 이거 너무 쉬운데!"

어경혼이 족제비 마수에게 달려들었다.

그리고 강연진과 오연서는 그와 반대 방향에 분단된 네 명의 마인에게 달려들었다.

"이 자식! 어린 인간 주제에 술법 하나 저지했다고 기고만장하느냐!"

마수가 격노해서 마기를 응축해서 쏘아냈다. 그것을 방어

하고 튕겨나듯이 뒤로 물러난 어경혼이 갑자기 눈을 감았다.

파아아아앗!

그 직후 마수의 눈앞에서 눈부신 섬광이 터졌다.

"캬아아아악!"

망막이 타는 듯한 통증에 비명을 지르는 그를 어경혼이 맹습했다.

전력을 다한 연타로 순식간에 마수의 숨통을 끊은 그는 뒤를 돌아보며 엄지를 척 추켜세웠다.

"최고였어, 희야! 역시 척 하면 착 하고 통한다니까 우리는!"

그러자 술법으로 섬광을 터뜨린 술사, 조희가 양손으로 얼굴을 감싼 채 부끄러워했다.

"아이참, 경혼이 너… 아니, 부대주님! 아직 임무 안 끝났어요!"

그 꼴을 보는 척마대원들이 다들 못 볼 꼴을 봤다는 표정을 지었다.

'아, 부대주만 아니었어도…….'

'젠장. 영성의 제자만 아니었으면 진짜 한 대 콱!'

이런 여유로운 반응이 나오는 것은 당연히 결판이 났기 때문이다.

강연진과 오연서가 몰아친 네 명의 마인도 이미 숨통이 끊어진 후였다.

천공기심을 이용해 힘을 축적하는 천공지체의 축기(蓄氣)에는 한계가 없다.

그들이 같은 수준의 내공을 지닌 자들과 내공 대결을 펼칠 경우, 출력은 비슷하겠지만 지속성에서는 현격한 차이가 날 것이다.

물론 그것은 천공기심에 미리 내공을 축적해야만 성립하는 이야기다. 그렇기에 두 사람은 임무에 투입되기 전 자신의 그릇을 세 번 이상 가득 채울 수 있는 기운을 축적하는 과정을 거쳤다.

그 결과 마인들은 압도적인 내공으로부터 비롯되는 화력에 쓸려 나갔다. 그 광경을 본 척마대원이 측은함을 느낄 정도였다.

문득 강연진이 중얼거렸다.

"이놈들 뭔가… 지난번에 싸운 놈들하고 비슷하지 않나?"

"음? 어디가? 마수가 끼어 있는 조합은 굉장히 특이하잖아?"

"그런 의미에서 하는 말이 아니라……."

강연진이 눈살을 찌푸렸다. 자기가 느낀 것을 말로 표현하기 어려워하는 것 같았다.

오연서가 말했다.

"기파가 묘하게 비슷하긴 했어요."

“마인 놈들이야 어지간히 특색이 뚜렷하지 않으면 다 비슷비슷하지 않나?”

어경혼이 고개를 갸웃했다.

사실 그랬다. 물론 마인들이 익힌 무공이 천차만별이니 그들의 기질 역시 달라질 수밖에 없지만, 정공을 연마한 입장에서 보면 그런 개성들은 대부분 마기(魔氣)의 존재감 속에 묻혀 버린다.

강연진은 답답한 표정으로 생각에 잠겼다가 말했다.

“마치 우리 같아.”

“뭐? 그게 말이 돼? 마인 놈들끼리야 다 사람 잡아먹는 놈들이니 비슷할 수야 있지만 왜 거기다 우리를…….”

“익힌 무공이 같아서 기질이 닮은 게 아니라 비슷한 것을 먹고 힘을 키워서 비슷한 느낌이 드는 그런… 아, 젠장. 됐다. 뭐라고 설명을 해야 할지 모르겠군.”

강연진은 스스로의 말주변에 절망하여 설명을 포기했다.

“뭔지 알 것도 같고 모를 것도 같고…….”

어경혼과 달리 오연서는 그의 말을 이해할 수 있을 것 같아서 고개를 갸우뚱했지만 그것도 잠시였다. 곧 그녀는 고민하기를 포기하고 강연진의 뒤를 따랐다.

3

천공지체와 백운지신은 경쟁적으로 실적을 쌓기를 하고 있었다.

그들은 척마대와 함께 움직이지만, 그들의 존재가 외부로 드러나지는 않는다. 그들이 척마대 임무를 수행하는 것은 어디까지나 연구의 일환이기에 철저한 정보 통제가 이뤄지고 있었다.

양우전은 사실 그것이 불만이었다.

'언제까지 죽 쒀서 남 주는 짓을 해야 하는지 모르겠군.'

척마대와 함께 실전에 투입되어 거두는 성과는 별의 수호자 내부에서는 그의 성과로 기록된다.

그러나 별의 수호자 바깥의 세상에는 척마대의 활약이 알려질 뿐 양우전의 존재를 아는 이는 없었다. 다 같이 고생하기는 해도 가장 결정적인 전공을 세우는 것은 그인데 세상은 척마대원의 이름만을 기억한다는 사실이 억울했다.

물론 이것이 필요한 과정임을 그도 안다.

작년에 백운지신이 공식 발표 된 후로 별의 수호자 내에서 그의 존재감이 급격하게 커진 것처럼, 이 과정을 인내하고 나면 커다란 열매가 기다리고 있으리라.

양우전은 인내심을 발휘하며 주어지는 일들을 차례차례 수행해 나갔다.

'이놈들, 뭐지? 어째 지난번부터… 아니, 지지난번부터였어.'

양우전은 척마대와 함께 네 번의 임무를 수행해 왔다. 임무 수행 횟수는 천공지체 두 사람보다 두 번 더 많았다.

'분명히 완전히 다른 마공을 익힌 놈들이다. 그런데 왜 이렇게 비슷한 느낌이 들지?'

그래서일까?

양우전은 강연진이 최근 임무에서야 어렴풋하게 느낀 의문을 훨씬 강하게 느끼고 있었다.

지지난번, 지난번, 그리고 이번까지…….

마주한 마인들이 풍기는 기파가 묘하게 비슷한 느낌이 든다.

"그렇습니까? 음……."

죽 그를 지원해 온 호용아에게 의문을 이야기해 봤지만 그녀는 알아차리지 못한 듯했다.

'내 착각인가? 아니면 백운지신의 감각만이 느끼는 뭔가가 있는 건가?'

백운지신의 기감은 특별하다. 그 사실은 수많은 실험을 통해 객관적으로 입증되었다.

당연히 양우전은 자신의 감각을 신뢰했다. 다른 모두가 못 느꼈다고 해도 자신이 느꼈다면 분명히 존재하는 것이다.

'왜 전혀 다른 지역에서 활동하는 놈들에게서 이렇게 통일성이 느껴지지?'

무공이라도 비슷하면 모르겠는데 무공도 천차만별이다. 겉으로 드러나는 기파만 보면 분명 다른데, 그런데도 비슷하다는 느낌이 지워지질 않았다.

그 느낌은 대체 어디서 오는 것일까?

양우전은 그런 의문을 품은 채로 임무를 수행했다.

척마대와 여러 번 임무를 수행했기에 이제는 연계도 완벽하게 다듬어졌다. 처음 같은 실수는 더 이상 없었다.

그러나 위기는 누군가 실수했을 때만 닥쳐오는 것이 아니다.

4

양우전과 척마대는 산간 지방에서 지속적으로 인근 마을들을 습격하여 피해를 발생시켜 온 마인들을 쫓아왔다.

그들은 마을 밖으로 나온 사람만 표적으로 삼으면서 은밀하게 움직였다. 약초꾼이나 나무꾼 등은 혼자 행동하는 경우가 많아서 사냥감으로는 안성맞춤이었던 것이다.

그러나 도시에서 근무하던 세 명의 고향 친구 관병들이 휴가를 받아서 마을로 내려오는 바람에 꼬리가 밟히고 말았다.

이에 인근의 백도 문파가 이들을 처치하고자 나섰지만 그들은 개개인의 무력도 시골 문파가 상대하기에는 너무 강했고, 산에서는 마치 산 귀신처럼 신출귀몰해서 막대한 피해가 나왔다.

이에 지역 주민들이 별의 수호자에 구원을 부탁하여 척마대가 출동한 것이다.

처음에는 순조로웠다.

척마대는 정보를 검토하고 충분한 전력을 투입했다. 적이 조직화된 마인들일 가능성이 농후했기에 양우전과 부대주 호용아를 포함한 15명의 무인과 기환술사까지 포함되어 있었다.

백도 무인들과 관병들을 농락하던 마인들은 금세 척마대에 덜미를 잡혔고, 압도적인 힘의 차이를 실감하고 도주하기 시작했다.

호용아는 일부러 그를 놔주고 자취를 추적하는 방법으로 본거지를 찾아냈다. 협곡 사이에 숨겨진 본거지는 일반인은 아예 접근조차 할 수 없는 곳이었지만 척마대는 너무나도 수월하게 침투해서 전투를 시작했다.

그곳에 있던 전력은 중상을 당한 놈을 포함해서 마인 여섯 명, 그리고 그들이 사역하는 시귀들이었지만 척마대 앞에서는 추풍낙엽처럼 쓰러져 갔다.

하지만 척마대는 적을 몰살시킨 후에도 그곳을 떠나지 않았다.

본거지 안에서 무언가 숨겨진 흔적을 찾아냈기 때문이었다. 교묘하게 위장되어 있었지만 이들은 그런 것을 찾아내는 데도 전문가였다.

"잔챙이만 잡고 만족했으면 좋았을 것을. 끈질긴 놈들 같으니……."

길게 이어진 동굴과 그 끝에 있는 넓은 지하 공동을 발견하고 들어간 척마대원들은 그곳에서 전혀 예상치 못한 적들을 만났다.

처음에 진입했던 대원 두 명 중 하나가 그들의 눈앞에 서 있는 자의 기습을 받고 죽었다.

어둠 속이라 얼굴은 보이지 않지만 기감으로 상대의 윤곽을 알 수 있다. 별로 체격이 크지 않은 남자였다.

"부대주, 여기 설치된 기환진이 발동되었소! 놈들의 기척을 감추는 술법이오!"

뒤늦게 진입한 술사가 경고했다.

한 점의 빛도 없이 어두컴컴한 이 공간에는 기환진이 깔려 있었다. 그렇지 않고서야 불을 비춰가면서 신중하게 주변을 살피던 이들이 아무 조짐도 감지하지 못하고 기습에 당할 리가 없지 않은가?

"모두 지상으로 후퇴해라!"

호용아가 곧바로 결단을 내렸다. 이 공간에서 정체불명의 마인과 상대하는 것은 너무 위험하다. 일단 밖으로 나가야 했다.

"마음대로 나갈 수 있을 것 같으냐?"

순간 굉음이 그들을 강타했다.

'아……!'

아니, 소리가 들렸다고 느낀 것은 착각이었다. 특수한 술법이 발동하면서 감각이 불타 버릴 것처럼 막대한 과부하가 걸렸다.

'함정!'

거의 반사적으로 진기를 일으켜 피해를 최소화한 호용아가 비틀거리던 몸을 바로잡았다.

"제법이군."

호용아를 조롱하는 목소리에는 음산한 울림이 섞여 있었다. 그리고 마치 어둠에 녹아들듯이 사라졌다가 공간을 뛰어넘는 것처럼 그녀 앞에 나타났다.

'사령인!'

호용아는 상대가 사령인임을 깨닫고 전율했다.

스스스스스……!

불길한 사기(邪氣)가 퍼져 나가면서 날카로운 공격이 그녀를 맹습했다.

투학!

막아내긴 했지만 섬뜩했다. 적의 공격이 기척까지 파고들 때까지 포착할 수가 없다니!

"크악!"

동시에 뒤쪽에서 비명이 울려 퍼졌다.

눈앞의 사령인이 아니라 다른 적들이 어둠 속에서 솟아나 기습을 가해왔던 것이다.

'기관장치까지… 여긴 정밀하게 건축된 비밀 시설이다. 이 놈들은 설마…….'

그들은 벽에 설치된 비밀 문을 통해 나와서 척마대의 측면을 공격했다. 기관장치가 아무리 조용해도 문이 열릴 때는 소리가 날 수밖에 없지만, 이곳에 설치된 기환진이 그 소리를 감춰주는 바람에 척마대는 완전히 허를 찔리고 말았다.

"설마 마교인가?"

"흐흐흐, 우매하고 가련한 연옥의 죄인들이여, 네놈들의 호칭은 언제 들어도 불쾌하구나."

어둠 속에서 사령인이 기분 나쁜 웃음소리를 흘렸다.

"나는 위대한 흑영신을 섬기는 이십사흑영수의 일원, 흑면권귀(黑面拳鬼)다."

척마대는 별의 수호자의 최정예를 자부하는 자들이었지만 상대는 흑영신교였다. 어중이떠중이 마인들과는 격이 다른 적들이, 완벽하게 우위를 점하고 몰아치자 피해가 속출했다.

'여기가 내 무덤이군.'

호용아는 이곳이 자신이 죽을 자리임을 직감했다.

그녀는 흑검의 힘으로 내공을 5심까지 끌어 올리면서 눈앞의 사령인을 압박했다. 동시에 지휘관으로서 머리를 굴렸다.

—양 무사! 도망치십시오!

자신이 죽는다 해도, 부대가 전멸한다고 하더라도 양우전만큼은 무사히 돌려보내야 한다.

백운지신은 별의 수호자의 지식이 집약된 성과물이며 미래를 좌우할 가능성을 지닌 존재. 만약의 상황에는 목숨을 바쳐서라도 그를 무사히 돌려보내는 것이 그들의 임무였다.

습격해 오는 적들을 막아내던 양우전이 말했다.

—그게 무슨 말입니까! 놈들의 수는 우리보다 적어요! 싸우면 충분히…….

퍼억!

호용아는 대답하지 못했다. 흑면권귀의 공격이 그녀의 몸통을 때렸기 때문이다.

경기공을 한껏 끌어 올린 상황이기에 버티긴 했지만 내장이 찢어지는 듯한 통증이 몰려왔다.

—내 동생을 부탁합니다……!

호용아는 그리 말하며 흑검으로부터 눈부신 검기를 뿜어

내었다.

그녀의 품에는 조명탄 기능을 하는 소모성 기물이 있었지만 그것을 꺼내서 쓸 틈이 없었다. 그렇기에 진기 소모를 감수하고 검기의 광량을 높이는 것으로 상대를 보고자 하는 것이다.

가면처럼 평평하고 새카만 얼굴에 두 눈동자만이 흰색을 띤 남자가 웃는다.

“투지가 가상하구나.”

순간 호용아는 한 가지 사실을 깨달았다.

‘독!’

왜 사령인의 공격이 느슨했는지 알 수 있었다. 어둠 속에서 은근히 퍼뜨린 독부가 호용아와 적마대원들을 중독시키길 기다리고 있었던 것이다.

“그럼 죽어라.”

흑면권귀가 콜록거리는 호용아의 빈틈을 파악해서 일격을 날렸다.

파악!

그러나 그 일격은 목표점에 도달하기 전에 누군가에게 붙잡혔다.

“음?”

흑면권귀가 깜짝 놀랐다.

신기루처럼 나타난 양우전이 그의 공격을 쳐냈던 것이다.

"양 무사……! 도망, 치라고……."

호용아가 비틀거리며 자기 앞에 선 양우전의 등을 올려다보았다.

"계속 빚을 지고 있자니 찝찝했는데 이제야 갚을 기회가 왔군."

분노로 이글이글 타오르는 양우전의 눈을 본 흑면권귀는 한 가지 사실을 깨닫고 경악했다.

'부하들이……!'

기환진으로 인한 이점으로 척마대를 쓰러뜨려 가던 일곱 명의 흑영신교도가 어느새 네 명으로 줄어 있었다. 양우전이 기환진의 효과를 넘어서 적들을 포착하고 하나씩 쓰러뜨려 나갔기 때문이었다.

"이십사흑영수, 어디 흑영신교의 간부가 얼마나 잘났는지 확인해 주지."

한순간 양우전의 모습이 안개처럼 흐릿해졌다 원래대로 돌아왔다.

'엄청난 기운! 뭐지?'

흑면권귀가 경악했다. 양우전의 모습이 흐릿해지는 순간, 갑자기 그의 몸에서 엄청난 기운이 쏟아져 나왔기 때문이다.

—운화 감극도!

그리고 마치 시간을 뛰어넘은 듯 중간 과정을 생략하고 자세를 바꾼 양우전이 흑면권귀의 몸통에 일권을 꽂아 넣었다.

5

양우전은 무한히 펼쳐진 운해(雲海) 속을 부유하고 있었다.

현실에는 있을 수 없는 광경이다. 그러나 양우전에게는 익숙한 심상이었다.

성해의 총단, 혹은 운벽성의 백운단 관리 시설로부터 시공간을 뛰어넘어 힘을 전달받을 때마다 양우전은 이 심상에 사로잡혔다.

이것은 그와 이어진 백운단의 본질이리라. 고작 하나의 단약이라는 것을 믿을 수 없을 정도로 거대한 힘이 그 안에 농축되어 있었고 그것을 다루기 위해서는 수많은 술법이 집약된 관리 시설이 필요했다.

'이 힘을 모조리 끌어 쓸 수 있다면 신조차도 두렵지 않을진대.'

이 심상에 사로잡힐 때마다 양우전은 그런 생각을 떠올리고 만다.

백운지신의 능력은 분명 대단하다. 양우전의 전신 기맥에는 백운지신의 특성을 띤, 언제든지 운화할 수 있는 성질의 진기가 가득 차 있으며 내공은 이미 6심에 달했다.

양우전 자신의 무공 경지와 별개로 백운지신은 이미 완성되어 있고 마지막 검증 절차를 밟고 있는 중이다. 하지만 그럼에도 백운지신이 한 번에 끌어 쓸 수 있는 기운은 백운단 전체의 100분의 1이 채 못 되었다.

'…….'

문득 불길한 침묵이 양우전의 의식을 일깨웠다.

'뭐지?'

양우전은 백운단의 심상이 흐려지고 자신의 의식이 현실로 돌아가는 것을 느끼며 흠칫했다.

누군가 자신을 관찰하는 듯한 기분이 들었던 것이다.

물론 그럴 리가 없다.

백운단의 힘이 운화로 양우전에게 전달되는 과정은 그야말로 찰나, 심상경의 절예가 그렇듯 빛보다 빠른 속도로 시공간을 뛰어넘어 이루어진다. 양우전이 보는 백운단의 심상은 그 찰나에 의식의 속도가 극한까지 가속되면서 마주하는 백일몽 같은 것이다.

그런데 그 찰나에 그의 의식 세계를 관찰한다? 그런 존재가 있다면 그야말로 신이라 불려야 마땅할 것이다.

'좋아.'

양우전은 임무 중에 소모되었던 진기가 모조리 채워졌음

을 느끼며 운화 감극도를 전개, 흑면권귀의 허를 찔러 일권을 때려 넣었다.

"이놈……!"

흑면권귀의 몸통이 터져 나갔지만 그것도 잠시, 안개로 변했던 그의 몸이 원상 복귀 된다.

그리고 어둠과 동화되듯 안개로 변했다가 양우전의 측면을 노리지만…….

퍼엉!

양우전은 고개도 돌리지 않은 채로 기의 운화로 흑면권귀의 머리통을 때렸다.

쾅!

그리고 운화로 그의 뒤쪽으로 이동해서 강권으로 등뼈를 부숴 버렸다.

"카악……!"

흑면권귀가 비명을 질렀다.

완전히 허를 찔려서 중상을 입었다.

그는 양우전을 공격할 때, 이 싸움이 자신이 준비한 몇 가지 규칙에 지배되고 있음을 믿어 의심치 않았다.

'애송이의 내공이 대단해 보이지만 독에 중독된 영향이 있을 것이다.'

틀렸다. 백운지신인 양우전은 백독불침을 넘어 만독불침

에 가까울 정도로 독에 대한 저항력이 높았다.

'놈은 기환진의 어둠 속에서 내 움직임을 제대로 파악하지 못할 것이다.'

틀렸다. 백운지신의 감각은 기환진의 영향을 꿰뚫고 흑면권귀의 움직임을 완벽하게 포착하고 있었다.

'애송이가 나이에 비해 실력이 대단히 뛰어나 보이지만 나와 동수 이상은 아닐 것이다.'

이 추측은 틀리지 않았다. 양우전은 순수한 무공 경지로 보면 흑면권귀와 동수다. 객관적으로 비교하면 격투전은 양우전이 위겠지만 기공에서는 흑면권귀가 우위였다.

하지만 백운지신의 능력은 사령인조차 기겁할 정도로 뛰어났다.

격공의 기를 대체하는 기의 운화, 그리고 사령인의 안개화와는 비교도 안 되게 뛰어난 운화는 착각으로부터 비롯된 흑면권귀의 치명적 허점을 용서 없이 꿰뚫었다.

"죽어라."

양우전은 한번 잡은 우세를 놓칠 생각이 없었다. 쓰러진 흑면권귀가 안개화해서 빠져나가기 전에 발차기로 쳐 올리고 일권을 때려 넣는다.

"윽……!"

하지만 흑면권귀도 속수무책으로 당해주지만은 않았다.

치명적인 공격을 맞으면서도 의기상인으로 양우전의 기맥을 공격, 일순간 시각을 흐려놓았다.

하지만 이어지는 흑면권귀의 공격은 완벽하게 가로막혔다. 양우전이 무심반사경으로 대응했기 때문이었다.

"크윽, 그랬군. 이래서……."

문득 흑면권귀가 처절하게 웃으며 중얼거렸다.

"이래서 오늘이 길일이라 하셨는가."

"무슨 개소리냐?"

양우전은 사납게 쏘아붙이며 맹공을 퍼부었다.

흑면권귀는 전혀 반격하지 못하고 사령인의 능력을 이용해서 피하는 데 급급했다. 그런데도 타격이 누적되면서 급격하게 움직임이 둔해지고 있었다.

펑!

안개화하던 그의 팔이 끊겼다.

투학!

다시 육화하는 위치와 순간을 정확하게 포착한 발차기가 그의 몸통뼈를 모조리 부숴 버렸다.

"너……."

흑면권귀는 뭐라고 말하려고 했다.

하지만 양우전은 들어주지 않았다. 무심하게 내지른 일권이 그의 머리통을 날려 버리고, 그것으로도 모자라서 관수가 심장을 관통했다.

"흥."

흑면권귀의 시신을 던져 버린 양우전은 몸을 돌려 아직 남아 있는 잔당들을 덮치려고 했다.

구궁……!

그런데 그 순간 지면을 타고 불길한 파동이 내달렸다.

'뭐지?'

순간 화탄이 매설되어 있는가 걱정했지만 그것은 아니었다.

주변이 캄캄하게 변했다.

원래부터 어둠밖에 없었지만, 양우전의 감각에도 아무것도 보이지 않는 상태가 되었다는 뜻이다. 양우전의 얼굴이 굳었다.

'내 감각은 마비되지 않았다. 뭔가 술수를 부려서 내 주변을 벽처럼 가린 거야.'

몇 번의 실전 임무를 거듭하면서 양우전의 능력은 무섭도록 상승했다. 임무를 수행할 때마다 그렇게 얻은 자료를 백운지신 연구원들이 분석하고, 양우전에게 무엇을 보완할지, 무엇을 발전시킬지를 제시해 주었기 때문이다.

지금의 양우전의 능력은 작년에 형운에게 깨졌던 시점과 비교하면 현격히 상승해 있었다. 그렇지 않았다면 아무리 허를 찔렀다고 해도 이십사흑영수인 흑면권귀를 이토록 쉽게 쓰러뜨릴 수는 없었을 것이다.

어둠 속에서 기분 나쁜 속삭임이 들려오기 시작했다.

—키득…….

마치 양우전 자신을 비웃는 것 같은 속삭임이…….

"또 섭혼술(攝魂術)인가. 이따위 수작이 두 번이나 통할 것 같냐?"

양우전이 으르렁거렸다.

첫 번째 임무 때 당한 이후로 백운지신 연구진은 정신을 공격하는 술법에 대한 방어책을 강화했다. 일월성신의 연구 자료를 응용해서 달리 기물을 쓰지 않고도 백운지신의 능력만으로 섭혼술을 효과적으로 방어할 수 있게 되었다.

—킥킥킥…….

주변에서 온갖 환영들이 나타나서 양우전의 분노를 자극하고 마음을 상처 입히는 말들을 던져댄다.

하지만 양우전은 동요하지 않았다.

그때는 마치 꿈을 꾸듯 그 상황을 현실처럼 인식해 버렸기 때문에 당한 것이다. 이 술법이 강력하여 양우전의 내면에 자리한 열등감을 환영으로 빚어낸 것은 놀라운 일이지만, 양우전이 이 상황이 조작된 것임을 명쾌하게 인식하고 있는 이상 의도는 달성될 수 없다.

'하찮은 술수야.'

절로 비웃음이 일었다.

'이딴 것에 사로잡혀 있을 필요 없지. 박살 내버려.'

고심할 필요도 없이 그의 내면에서 해결책이 떠올랐다. 마치 누군가 정답을 알려주는 것처럼…….

"꺼져!"

사자후가 울려 퍼지며 섭혼술이 산산조각으로 깨져 나갔다.

'놈들의 위치가 변하기 전에 치는 거야. 쉽게 해치울 수 있어.'

동시에 어둠 저편에 남아 있는 적들의 존재가 포착되었다.

신기한 감각이었다. 감각이 받아들인 정보를 이해하는 과정도 없이 바로바로 내면에서 답이 나오는 느낌이다.

그렇다고 해서 그 답이 즉흥적이고 충동적인 행동이냐 하면 절대 아니다. 귀혁의 가르침대로 감각적인 예리함을 잃지 않으면서도 이성적인 정묘함으로 가다듬어진 이상적인 답이었다.

"크악!"

아직까지 척마대 상대로 분전하고 있던 흑영신교도들이 양우전의 공격에 죽어나갔다.

마지막 한 놈을 덮치는 순간, 양우전의 뇌리에 벼락처럼 스쳐 가는 깨달음이 있었다.

'놈의 왼쪽 손을 조심해야 해!'

오른손으로 검을 다루는데 왼손이 항상 상대의 시야에서 벗어난 곳에 위치해 있었다.

그 경고는 마치 예지처럼 들어맞았다. 양우전이 상대의 검을 걷어내고 뛰어드는 순간, 왼손이 전광석화처럼 움직이면서 뇌광을 터뜨리는 게 아닌가?

파지지지직!

하지만 양우전은 조금도 당황하지 않았다. 마치 그럴 줄 알았다는 듯 운화로 피해 버렸다.

쾅!

폭음이 울리며 머리통이 날아간 시체가 흐느적거리며 쓰러졌다.

“대단해…….”

그 광경을 본 척마대원 하나가 넋을 잃고 중얼거렸다.

그야말로 바늘구멍만 한 틈도 허락하지 않는 완벽한 대응이었다. 이 순간, 양우전의 정신은 무인이라면 누구나 감탄할 수밖에 없는 경지에 도달해 있었다.

‘내가 해낸 일이 맞나?’

양우전은 그 감각에 취한 듯 그 자리에 멍하니 서 있었다.

스스로 생각해 봐도 오싹할 정도로 완벽했다. 자신이 해낸 일이라는 것이 믿어지지 않을 정도로.

아무리 백운지신의 감각이 있다고는 하지만 이 어둠 속에서 상대의 자세를 얼핏 보는 것만으로 그 세부에 감춰진 위험을 감지하고, 벼락처럼 대응책을 수립하고, 위험이 현실화되는 순간 분쇄해 낸 것은 그야말로 신기(神技)라는 찬사를 받을 만했다.

그런 양우전에게 호용아가 말했다.

"덕분에 살았습니다."

척마대원 다섯 명이 죽고 세 명이 중상을 입었다.

하지만 이 정도 피해로 끝난 것은 양우전의 활약 덕분이었다. 그가 호용아의 말을 들어서 도망쳐 버렸다면 그들은 몰살당했을 것이다.

"빚은 갚았습니다."

첫 임무 때 섭혼술에 걸려서 호용아를 상처 입혔던 그 빚은 갚았다.

양우전은 그런 뜻을 담아 대꾸하고는 다른 이들을 도와서 척마대원들의 시신을 수습했다.

그러던 그는 문득 흠칫 놀라서 뒤를 돌아보았다. 그의 손에 죽은 흑면권귀의 시신이 놓여 있는 어둠을.

키득…….

술법은 분명히 깨졌건만, 왠지 아까 전에 들려오던 비웃음이 환청처럼 따라붙고 있었다.

6

형운과 가려는 청운성에서 오래 머물지 않았다.

청운성 본성으로 가서 바다를 보고, 닷새간 항구도시를 구경하며 맛있다고 이름난 요리들을 즐기다가 해룡성을 향해 떠났다.

그 과정에서 청운성의 암흑가에도 가벼운 소란이 일기는 했다. 그러나 권우와 초명의 가면을 쓰고 활동할 때처럼 암흑가 전체를 들썩이게 할 일은 없었다.

왜냐하면…….

'선풍권룡이 나타났다!'

'요즘 인근에서 아주 미쳐 날뛰고 있다는데 혹시라도 시비 걸리는 일이 없도록 조심해라!'

'애들 단속 잘해! 혹시 문제 일으키는 놈 있으면 내 손에 죽는다!'

비교적 가벼운(?) 소란으로 중소 규모 조직 하나가 박살 나고 나자 나머지 조직들은 전력을 다해 몸 사리기에 들어갔기 때문이다.

약자에게 강하고 강자에게 약한 것이 흑도의 법칙이다. 허세와 자존심을 내세우는 것도 어느 정도 비벼볼 구석이 보여야 가능하지, 선풍권룡 형운 정도면 그들 입장에서는 가까이 가기만 해도 날아가 버릴 초대형 태풍이나 다름없었다.

물론 세상에는 주제 파악 못 하는 놈들이 있게 마련이라 낭인들 중 몇몇이 무명을 드높여 보겠다면서 형운에게 비무를 청하는 일이 있었지만…….

"별 잡것들이 다 무인인 척하네, 이거."

형운이 누구나 알아볼 수 있는 형태로 그들과 자신 사이에 측량 불가능한 거대한 격차가 존재함을 각인시켜 주자 사람들은 깨닫게 되었다.

'강호의 풍문이 전혀 과장되지 않았다!'

'일존구객은 이토록 무서운 존재였는가!'

이야기를 듣고 막연히 상상할 뿐, 그 실체를 알 수 없었던 진정한 고수가 얼마나 터무니없는 존재인지를.

그렇게 형운은 청운성에 머무르는 동안 암흑가를 통째로 숨죽이게 만들고는 유유히 떠나갔다.

이제는 일정이 그렇게 느긋하지만은 않았기에 형운과 가려는 상단 등과 관계를 맺지 않고 경공을 펼쳐서 이동했다.

중간중간 형운이 진조족의 장신구로 축지를 펼치기까지

하니, 충분히 여력을 남겨두고 이동하고 있음에도 두 사람의 이동속도는 믿을 수 없을 정도로 빨랐다.

해룡성에 진입하여 해안가를 따라 달리던 두 사람의 시선이 바다 쪽으로 향했다.

수평선 너머로 석양이 지고 있었다.

청운성에 와서 바다의 석양도 많이 봤지만 이렇게 달리면서 서서히 저물어가는 석양을 보고 있으니 그 아름다움이 각별했다. 점점 걸음을 늦추다가 한 자리에 멈춰 선 형운이 말했다.

"누나."

"예."

"해룡성까지 보고 나면 이제 곧장 호장성으로 가서 유하를 찾아갈 거예요. 그리고 그다음에는… 총단에 복귀하고 난 다음의 일을 미리 고민해 두는 게 낫겠지요."

척마대주 자리에서는 내려왔지만 그렇다고 해서 형운을 아무 직위도 없는 상태로 놀게 놔두지는 않을 것이다. 아마 적당한 자리를 추천해 오리라.

"기왕 이렇게 된 거, 작은 조직을 하나 새로 만들어볼까 생각 중이에요."

"어떤 조직입니까?"

형운은 징계면직 기간이 끝나고 총단에 돌아간 이후의 계획을 가려에게도 이야기하지 않았다. 아마 여행을 떠날 당시만 하더라도 구체화된 것이 전혀 없어서 그랬으리라.

"생각해 보면 전 별로 특정한 조직을 맡는 게 어울리는 사람이 아니에요."

젊은 나이에 비정상적으로 뛰어난 인맥을 구축해 버려서 그렇다. 심지어 그 인맥은 별의 수호자 안에서만이 아니라 전 대륙에 걸쳐 있지 않은가.

위진국에 가게 된 것도, 풍령국에 가게 된 것도 형운이 별의 수호자 입장에서 써먹지 않을 수 없을 정도로 귀중한 인맥을 가졌기 때문이었다. 별의 수호자의 주요 사업에 반드시 그가 필요했기 때문에 척마대주임에도 척마대를 내버려 두고 먼 길을 다녀올 수밖에 없었던 것이다.

지금의 척마대가 별 탈 없이 잘 굴러가는 이유는 백건익의 조직 장악력이 좋아서이기도 했지만, 원래 척마대가 대주 없어도 잘 굴러가는 체계가 갖춰져 있기 때문이기도 했다.

"그래서 차라리 조직 규모는 작고, 대신 소수 정예로 뭐든지 하는 조직을 만들어볼까 하고요."

"뭐든지 하는 조직이요?"

그게 무슨 해괴한 소리란 말인가?

형운이 키득거렸다.

"일종의 해결사 노릇을 하는 조직이 되는 거죠. 물론 공식적으로는 해결사니 뭐니 하는 말은 쓸 수 없을 테니… 인재 파견단 어떨까요?"

"……."

"이름이 별로예요?"

"네."

가려가 단호하게 고개를 끄덕이자 형운이 입술을 삐죽였다.

"아, 이름이 뭐 중요해요. 창설을 추진하게 되면 좋은 이름 생각하면 되지! 하여튼 특정한 분야에 재주가 뛰어난 사람들을 모아서, 여기저기서 필요로 할 때마다 빌려주는 거죠. 그렇게 되면 제가 기공사들 대신해서 도우미로 가는 것조차 공식적인 실적으로 만들 수 있을 거예요."

"그건 확실히 좋군요. 공자님은 공식 업무도 아닌 일에 너무 많이 끌려다니셨죠."

형운의 태도 때문인지 가려는 자기도 모르게 웃었다. 석양을 받은 그 미소가 너무 눈부셔서 형운은 한순간 넋을 잃고 바라보았다.

"왜 그러십니까?"

"아, 아니, 그냥……."

형운이 머뭇거렸다. 말을 꺼낸 김에 물 흐르듯이 자연스럽게 마무리를 지으려고 했는데, 석양을 받은 가려의 미소에 마음을 빼앗겨서 그런가, 이상할 정도로 말이 잘 나오지 않았다.

그래도 여기서 그냥 싱겁게 얼버무릴 수는 없었다. 가려와 단둘이서 여행을 떠날 때부터 지금 하는 이야기를 할 수 있는 기회를, 그러기 위한 미래의 계획이 구체화되는 순간을 기다리고 있었으니까.

"그러니까… 그런 조직을 만들게 되면요, 그때는 누나도 와주세요."

"그러겠습니다."

"제 호위가 아니라 제 조직의 2인자로 와달라고 하는 거예요. 그래주실 수 있어요?"

"……."

형운이 그 의미를 뚜렷하게 설명하자 가려가 흠칫했다. 그것은 지금까지 가려가 경험해 보지 못한 영역이었고, 남들에게는 평범하지만 그녀에게는 너무나 어려운 일을 해야 한다는 뜻이기도 했다.

가만히 그녀의 대답을 기다리던 형운이 말했다.

"누나가 도저히 못 하겠다고 한다면 저도 다른 방안을 생각해 볼게요."

형운이 가려를 보는 시선은 다른 호위무사들을 보는 시선과는 달랐다. 예전에는 그저 그녀가 자신과 가까운 사람이기 때문이었지만 이제는 아니다.

호위무사들에게 있어서 은신 호위 활동은 그 내용이 가혹

할지언정 엄연한 직무다. 자신이 기른 재주로 맡은 바 일을 해내는 것이며, 직무를 행할 때 외에는 각자의 삶을 살았다.

물론 형운도 안다. 무인이 무력으로 먹고사는 일이 다 그러하듯, 그들이 수행하는 직무가 삶에도 지대한 영향을 미친다는 것을.

하지만 형운이 아는 누구도 가려처럼 극단적이지 않았다.

그 사실이 안타까워서 형운은 가려가 사람들 앞에 당당하게 자신을 드러나고 살아갈 수 있게 되기를 바랐다. 하지만 이제는 그것이 그저 자신의 욕심이었을 뿐임을 안다. 그러니 그녀가 도저히 못 하겠다고 하면 강권하지 않을 것이다.

'그냥 나랑 같이 있어주기만 해도 돼.'

어린 시절부터 늘 그녀가 옆에 있는 것이 당연했다. 하루 종일 그림자조차 볼 수 없어도 거기 있다는 것이 분명한 사람. 예전에는 그 사실이 불편하기도 했지만 어느 순간부터는 편안하게 여기게 되었다.

형운에게는 혈육이 없다. 그러나 혈육으로 이루어진 가족이 있다 한들 그녀보다 편안했을까.

함께하는 시간 동안 그녀가 조금씩이나마 달라지는 모습은 형운의 인생에 있어서 가장 큰 즐거움이었다. 그래서였을 것이다. 자꾸만 자신의 욕심을 강요하게 되었던 것도.

하지만 사람에게는 각자 행복과 불행을 가르는 자신만의

잣대가 있다. 일반적인 시각으로 보기에 가려의 삶이 불행해 보인다고 해서 그녀가 불행한 것은 아니었다.

서하령의 일침으로 그 사실을 깨달았다. 하지만 그러고 나서도 가려를 향한 욕망을 포기할 수가 없었다.

'난 역시…….'

분명 이 여행을 떠난 이유의 절반은 그런 욕망이었다.

그녀와 함께 방방곡곡을 여행하며 여러 일들을 경험하는 것이 즐거웠다.

얼굴을 똑바로 마주 보고 식사를 하고, 저잣거리를 걸으며 시시콜콜한 이야기를 나눌 수 있는 것이 좋았다. 남들에게는 아무것도 아닌 그런 일들을 가려와 함께하기란 얼마나 어려운 일이었던가.

'누나가 좋아.'

가려가 자혼의 제자가 되어 떠나가 있는 동안 형운은 스스로도 확실히 몰랐던 마음을 깨달았다.

가려가 좋다.

누군가와 일생을 함께한다면 그녀와 함께하고 싶었다.

"저는……."

가려는 오랫동안 침묵하고 있었다. 머릿속에서 수많은 생각에 떠올라 충돌했다.

하지만 형운은 그녀의 말을 끝까지 들을 수 없었다. 그는 갑자기 흠칫 표정을 굳히더니 길 저편을 노려보았다.

그의 감지 능력이 비정상적으로 뛰어남을 아는 가려는 의아해하지 않고 이유를 물었다.

“왜 그러십니까?”

“누나, 조용히 따라오세요.”

형운과 가려는 해안가에서 이탈, 모습을 숨겨가며 조용히 이동했다. 그러다가 문득 가려는 해안가에서 흐느적거리는 사람을 발견했다. 큰 부상을 입은 것처럼 보이는 사람이었다.

‘저 사람 때문에 그러신 건가?’

하지만 부상당해 흐느적거리는 사람의 존재를 감지했는데 왜 모습을 숨기고 접근한단 말인가?

형운의 성정이면 곧바로 가서 부축하고 진기를 불어넣어 줘도 이상하지 않은데, 지금 형운의 얼굴에는 명백한 경계심이 떠올라 있었다.

—누나, 잠시 여기에 대기하세요.

가려는 자신이 놓친 것이 무엇인지 생각해 보았다.

‘냄새.’

남자에게서는 피 냄새와 물비린내가 섞인 강렬한 악취가 풍겼다.

하지만 그것만은 아니었다. 가려의 후각은 그 이상을 잡아낼 수 있을 정도로 뛰어나진 않았지만 그 속에 무시해서는 안 되는 다른 냄새가 숨어 있는 것만은 알 수 있었다.

형운이 딱딱하게 굳은 얼굴로 말했다.

"표정 연기가 훌륭하군."

남자는 형운을 보자 지옥에서 구원을 만난 것 같은 표정을 짓고 있다가 움찔했다.

"…정말로 안 통하는군?"

"알면서도 시도해 본 건가?"

"손해 볼 건 없지 않은가. 나에게나, 당신에게나."

남자가 키득거렸다.

기묘하게 들리는 말이었다. 이어지는 말은 더욱 기묘했다.

"내가 당첨되다니 정말로 기쁜 일이군. 그래, 우리의 희생은 헛되지 않았다……."

"스스로 시귀가 되는 걸 선택하면서까지 나를 찾아온 이유는 뭐지?"

남자에게서는 시체 썩는 냄새가 났다.

그는 이미 죽음에 이르는 부상을 입었고, 사술의 힘으로 목숨을 연명하고 있었다. 그 대가로 산 채로 몸이 썩어가는 고통을 감당해야 했으며, 자신이 서서히 시귀로 변해가는 공포를 느껴야 했다.

하지만 남자에게서는 공포의 기색이 보이지 않았다. 연기를 집어치운 그의 눈에서는 어떤 광신적인 열기가 느껴졌다.

“나를 붙잡고 자폭하려고 온 건 아닌 것 같군. 나를 속여서 뭘 얻고자 한 건가?”

형운은 자신을 어떻게 찾았느냐고 묻지 않았다. 청운성에서 적나라하게 행적을 드러냈으니 행보를 예측하는 것은 충분히 가능한 일이었다.

물론 그만한 능력을 갖춘 조직이 세상에 그리 많지는 않다. 거기에 무인도 아닌 일반인을 죽음에 이르는 중상을 입은 상태로도 목숨을 붙여놓았으며, 산 채로 몸이 부식되면서 시귀로 변해가는 무시무시한 사술을 걸어둘 정도라면…….

“마교도.”

형운의 확신에 남자는 환하게 웃었다.

『성운을 먹는 자』 26권에 계속…

GRAND SLAM
FUSION FANTASTIC STORY
자미소 장편소설
그랜드슬램